新訳　ロミオとジュリエット

シェイクスピア
河合祥一郎＝訳

角川文庫
13843

The Most Excellent and Lamentable Tragedy of Romeo and Juliet
by William Shakespeare

From
The Most Excellent and Lamentable Tragedie, of Romeo and Juliet
Published in the U.K. 1599
and some stage directions from
An Excellent conceited Tragedie of Romeo and Juliet
Published in the U.K. 1597

目次

凡例

・一五九九年出版の第二・四折本《クオート》（STC 22323）を原典とした。

・ト書きについては、一五九七年出版の第一・四折本《クオート》からいくつか採用し、《 》で表示をした。

・原典に幕場割りがないので、幕場割りをつけなかった。ただし、従来の慣習に基づく幕場表示は、注に記し、読者の便宜を図るため、奇数頁の柱（上部欄外）に記した。

・表記や解釈に問題のある箇所については、オックスフォード版（Jill L. Levenson, ed., *Romeo and Juliet*, The Oxford World's Classics, The Oxford Shakespeare [Oxford: Oxford University Press, 2000]）を特に参考にしたほか、以下の諸版を参照した。

T. J. B. Spencer, ed., *Romeo and Juliet*, The New Penguin Shakespeare (London: Penguin Books, 1967).

Brian Gibbons, ed., *Romeo and Juliet*, The Arden Shakespeare (London: Methuen, 1980).

G. Blakemore Evans, ed., *Romeo and Juliet*, The New Cambridge Shakespeare (Cambridge: Cambridge University Press, 1984).

・〔 〕で示した箇所は原典にはない。

新訳　ロミオとジュリエットの最も優れた嘆きの悲劇

登場人物

エスカラス　ヴェローナの大公
マキューシオ　大公の親戚《しんせき》、ロミオの友人
パリス　若き伯爵、大公の親戚

モンタギュー　ヴェローナの名家の長
モンタギュー夫人　その妻
ロミオ　その一人息子
ベンヴォーリオ　モンタギューの甥《おい》、ロミオの友人
エイブラハム　モンタギュー家の郎党
バルサザー　ロミオの従者

キャピュレット　ヴェローナの名家の長
キャピュレット夫人　その妻
ジュリエット　その一人娘
ティボルト　キャピュレット夫人の甥
乳母　ジュリエットの乳母
ピーター　乳母の召使
サムソン　キャピュレット家の郎党
グレゴリー　キャピュレット家の郎党

ロレンス　フランシスコ派の修道僧
ジョン　同じ教団の修道僧

薬屋、小姓、楽士、市民、両家の親族、
仮面舞踏会出席者、警吏、夜警、従者、序詞役

場　面　ヴェローナ、マントヴァ（イタリア）

プロローグ[※1]

花の都のヴェローナに
肩を並べる名門二つ、
古き恨《うら》みが今またはじけ、
町を巻き込み血染《ちぞ》めの喧嘩《けんか》。
敵《かたき》同士の親を持つ、
不幸な星の恋人たち、
哀れ悲惨な死を遂げて、
親の争いを葬《ほうむ》ります。
これよりご覧に入れますは、
死相《しそう》の浮かんだ恋の道行き、
そしてまた、子供らの死をもって
ようやく収まる両家の恨み。
二時間[※2]ほどのご清聴《せいちょう》頂けますれば、
役者一同、力の限りに務めます。

※1　このプロローグ（序詞）は十四行詩。abab cdcd efef gg と韻を踏むソネット形式になっている。

※2　ここには二時間とあるが、カットなしで上演した場合、二時間では収まらない。

キャピュレット家のサムソンとグレゴリー、剣と盾を持って登場。

サムソン　グレゴリー、俺は面汚《つらよご》し※1はまっぴらだぜ。

グレゴリー　うん、お顔の汚れ落としは、お化粧の基本だね。※2

サムソン　じゃなくて、カッとくりゃ腰のものを抜くってことだ。

グレゴリー　腰のもの抜いたら腰抜けだ。

サムソン　いざとなりゃ、抜く手も見せず、斬り結ぶ。

グレゴリー　結んで開いて、その手を上にってかい？

サムソン　モンタギューの犬っころ見ても、じっとしちゃいられねえ。

グレゴリー　じっとしないで動き出す？　男なら動かず騒がず立ち向かうのに、じっとしないで逃げるのか。

サムソン　あの家の犬っころ相手でも立ち向かってやるさ。モンタギュー家の男だろうが女だろうが、ただじゃすません。

グレゴリー　ただ、すんませんって、壁にへばりついて謝っちゃうの？　だから、弱虫なんだよ、おまえは。

サムソン　なるほど、それで、か弱い女は、壁に押しつけられるっ

※1　「サムソン」という名は巨人を連想させる強そうなものだが、この男が実は腰抜けであるのがミソ。ただし、観客には「サムソン」の名が伝えられないので、舞台ではこのジョークは失われる。

※2　冒頭の掛け合いは、テンポよく、観客の笑いを誘うのが目的であるため、翻訳では英語の言葉遊びを直訳するのではなく、できるだけ原意に添った日本語の言葉遊びで置き換えた。

　なお、「俺は面汚しはまっぴらだぜ」の原文 we'll not carry coals. は侮辱や屈辱に屈することはしない、の意。

てわけか。よし、モンタギューの野郎どもはぶち殺すが、女はかわいがってやる。
グレゴリー　喧嘩はご主人同士、俺たち男同士のものだよ。
サムソン　同じことだ。俺は大暴れして、男をひどい目にあわせたあと、女にはいい目を見せてやる。乱れた棒をさしあげよう。
グレゴリー　乱れた棒？
サムソン　ああ、乱暴という棒をぶちこむ。わかるだろ。
グレゴリー　ぶちこまれれば痛いほどわかるだろうね。
サムソン　わからせてやるよ、俺様がぴんと立っているあいだはな。この体は馬並みだと評判なんだぜ。
グレゴリー　魚並みじゃなくてよかったね。魚なら、たら～だ。おっと、腰のモノを抜け。モンタギュー家の奴らがやってきた。

二人の召使登場。

サムソン　俺の抜き身が出たぞ。喧嘩を売れ。俺がうしろ盾だ。
グレゴリー　え、うしろを見せて逃げるのか。
サムソン　俺のことなら心配ねえ。
グレゴリー　心配ねってのはどういうことだ！
サムソン　法律を味方につけよう。向こうから仕掛けさせるんだ。
グレゴリー　通りすがりにガン飛ばしてやろう。どう受けるかは奴ら次第だ。

サムソン　奴らの度胸次第だろ。親指を噛《か》んで侮辱の仕草をしてやる。それを我慢するなら、奴らの恥だ。
エイブラハム　貴殿《きでん》らは我々に対して親指を噛んでいるのか。
サムソン　親指は噛んでいる。
エイブラハム　我々に対して親指を噛んでいるのか。
サムソン　〔グレゴリーに傍白〕そうだと言っても、法律はこっちの味方か。
グレゴリー　〔サムソンに傍白〕いや。
サムソン　いや、貴殿らに対して指を噛んでいるのではない。指は噛んでいるが。
グレゴリー　喧嘩を売ろうというおつもりか。
エイブラハム　喧嘩？　とんでもない。
サムソン　だが、喧嘩をなさりたいなら、お相手いたそう。我輩《わがはい》は立派な主人に仕える身。貴殿らの主人に劣らぬ。
エイブラハム　劣りはすれど優《まさ》りはすまい。
サムソン　ほう。

ベンヴォーリオ登場。

グレゴリー　〔サムソンに傍白〕「優る」と言え。我らがご主人さまの身内が来た。
サムソン　優りますとも。
エイブラハム　嘘をつけ。

サムソン　男なら抜け。グレゴリー、得意の一撃をくらわせてやれ。

　戦う。

ベンヴォーリオ　引け、馬鹿者！　剣を収めろ。何をしているかわからんのか。

　ティボルト登場。

ティボルト　おっと、雑魚《ざこ》相手に剣を抜いているのか。こっちを向け、ベンヴォーリオ、この死神を拝みやがれ。

ベンヴォーリオ　仲裁をしているだけだ。剣をしまえ。さもなきゃ、こいつらを引き分けるのに手を貸せ。

ティボルト[※1]　なに、剣をかざしながら仲裁に手を貸せ？　嫌な言葉で手かせをはめるな。そんな言葉は、虫酸《むしず》が走る。地獄かモンタギューか貴様ほどにな。覚悟はいいか、腰抜けめ。

　三、四人の市民が棍棒《こんぼう》や幅広の矛《ほこ》を持って登場。

警官たち[※2]　棍棒だ、槍《やり》だ、矛だ！　打て！　叩《たた》きのめせ！　キャピュレットをおさえこめ！　モンタギューをおさえこめ！

※1　このティボルトの台詞《せりふ》は言い回しが凝っている。直前のベンヴォーリオの台詞の行末のsword, meに対応させてword, theeと対句で応《こた》え、交互に韻を踏むheroic stanza（英雄詩体四行連句）を形成する。ティボルトがいかに恰好《かっこう》をつける気障《きざ》な男かを表わす。翻訳では「手を貸せ」と「手かせ」の遊びで対応した。

※2　原文はOffi.「警吏(警官)たち」。一七七三年にジョージ・スティーヴンズが直前のト書きに合わせて「市民」に書き換えて以来、それが踏襲されてきたが、騒動を鎮圧する任務にある特定の市民を指す。一般市民が凶器を持って集まったのではない。89頁も同じ。

ガウン姿の老キャピュレットとその夫人登場。

キャピュレット 何の騒ぎだ。わしの剣をよこせ、おい！
妻 杖《つえ》でしょう、杖！ 剣などなぜお求めになるのです。
キャピュレット 剣《やいば》だと言うに！ モンタギューが来ているのだ。
わしに向かって刃を振りかざしおって。

老モンタギューとその妻登場。

モンタギュー おのれ、にっくきキャピュレット！――止めるな、離せ、手を離せ！
モンタギューの妻 敵と戦うおつもりならば、一歩たりともなりませぬ。

大公エスカラス、供の者たちを従えて登場。

大公 平和を乱す不逞《ふてい》のやから。
隣人の血にて刃を汚《けが》すとは――
聞こえぬか？――これ！ おまえたち、人非人《にんぴにん》ども！
邪《よこしま》な怒りの炎を消すために
己《おのれ》の鮮血で赤い噴水を噴き上げようというのか。
拷問を恐れるならば、その血みどろの手より
血にひたした剣を投げ捨て、

怒りの大公の宣告を聞け。
キャピュレットならびにモンタギュー、
つまらぬ言いがかりから三度《みたび》の喧嘩、
わが街の平安を三度乱した。
そのために、町じゅうの老人までもが、
重々しいガウンや杖を打ち捨てて、
平和ゆえに錆《さ》びた古い矛《ほこ》を古びた手に持ち、
その錆びた憎しみに割って入ったのだ。
もしまた街を騒がせようものなら、
治安を乱した大罪を、その命にて償《つぐな》わせようぞ。
今日のところは、ほかの者は立ち去れ、
キャピュレット、そなたは私とともに来い。
モンタギュー、そなたは昼過ぎに、
ヴェローナの法廷フリータウンに出頭し、
この件についての処分を知るがいい。
さあ、命が惜《お》しくば、皆、立ち去れ。
〔モンタギュー、モンタギュー夫人、ベンヴォーリオを残して〕一同退場。

モンタギュー　だれだ、古い争いに新たに火をつけたのは？
ベンヴォーリオ、おまえは始めからこの場にいたのか。

ベンヴォーリオ　叔父《おじ》上、私が来たときには、敵の召使どもと
味方の者が、とうに斬り結んでおりました。
私が割って入ろうと剣を抜いたちょうどそのとき、
やってきたのが喧嘩っぱやいティボルト。剣をかまえて、
この耳に挑戦の言葉を吹きこみながら、
右へ左へ斬りかかり、風を斬るものの、
風は痛くもないとばかりに、ヒューと奴を嘲《あざけ》ります。
突いた、突かれたとやり合ううちに、
さらに人が集まって、わけもわからず小競《こぜ》り合い。
やがて大公が分け入って、分けへだてなく、お引き分けに。※1

妻　あら、ロミオは？　見かけましたか、うちの子を？
よかったわ、この喧嘩にあの子が居合わせなくて。

ベンヴォーリオ　叔母上、神々しい朝日が
東の金色《こんじき》の窓から顔をのぞかせる一時間前、
私は乱れた心を抱えて家を出たのですが、
ちょうど、町はずれから西に広がる
あのプラタナス※2の森の木陰で、
朝まだき、独り歩くロミオを見かけました。
近寄ってみたのですが、ロミオは私に気づくと、

※1　このベンヴォーリオの台詞では、最後の二行にpartという語が四回用いられ、二行の行末が押韻する二行連句になっている。「わけ／分け」の繰り返しで対応した。

※2　原語はsycamore. 物思う恋人を連想させる木。

森の深みへ姿を隠してしまいました。
私は、自分に照らして相手の気持ちを推《お》しはかり、
胸ふさぐときは一人になりたい、
この身一つでも鬱陶《うっとう》しいのだからと考えて、
相手を追わずに、自分の気持ちを追い、
人目を避けて逃げる相手をこちらも避けて見逃したのです。

モンタギュー　息子はそこで毎朝のように、
涙を流しては新鮮な朝露を増やし、
深い吐息で朝靄《あさもや》を濃くしているらしい。
だが、心の闇を晴らす太陽が、
東のかなた、夜明けの女神オーロラ※の
ベッドの厚いカーテンを開《あ》けるや否や、
まばゆい光を避けてこっそり家にたち帰り、
部屋にひきこもったまま、
重い心の窓を閉め切り、光も入れず、
昼でも夜の暮らしをしている。
あのように塞《ふさ》いでいては、よからぬことになる。
つぶさにわけを聞き、そのもとをつぶさねばならん。

ベンヴォーリオ　叔父上、その原因をご存じなのですか。

※　ローマ神話の女神。アウローラとも。ギリシア神話のエーオースに同じ。軍神アレースと通じたために、アプロディーテーの怒りをかい、いつも恋に身をやつすことになったといわれる。

モンタギュー　知らぬ。息子は言おうともしない。
ベンヴォーリオ　問い質《ただ》してごらんになったのですか。
モンタギュー　わしのほかに多くの友も尋《たず》ねたが、
あれは自分の気持ちの相談相手として、
どれほど頼りになるかわからぬが、
自分一人を信頼し、じっと黙ったままなので、
探りようもなく、わからぬのだ。
まるで蕾《つぼみ》のまま虫に食われる花。
かぐわしい花びらを空に広げ、美しい姿を
太陽に捧《ささ》げる前に、枯れ果てようとする。
その悲しみがなにゆえか、わかりもすれば※、
すぐにも治してくれようものを。

ロミオ登場。

ベンヴォーリオ　ほら、やってきました。どうかあちらへ。
しつこくねばって、わけを聞き出してみましょう。
モンタギュー　ここはおまえに任せよう。
本心を聞きだしてくれたら何よりだ。さあ、行こう、おまえ。
〔モンタギュー夫妻〕退場。

※　この行からロミオの第一声まで二行連句が続く。二行連句が続く文体をheroic couplet（英雄詩体二行連句）と呼ぶ。仰々しいheroic coupletによってロミオ登場というわけである。

ベンヴォーリオ　おはよう、ロミオ。

ロミオ　　　　　まだ朝か。※1

ベンヴォーリオ　九時を打ったばかりだ。

ロミオ　　　　　　ああ！　つらい時間は長いなあ。

今、急ぎ立ち去ったのは、わが父上か。

ベンヴォーリオ　そうだ。何が悲しくて君の時間は長くなるんだい？

ロミオ　時間を短くしてくれるものがないからさ。

ベンヴォーリオ　恋か？

ロミオ　恋……

ベンヴォーリオ　に破れて？

ロミオ　恋する人が、つれないんだ。

ベンヴォーリオ　驚きだ、見かけはかわいいキューピッドが、
かくもつれない暴君とは。

ロミオ　驚きだ、いつも目隠しキューピッド、※2
見えぬ道行き、見ずに導く。
どこで食事をしよう？　ああ！　ひどい喧嘩だったそうだな？
いや、話すな、すっかり聞いた。
これは憎しみの諍《いさか》いだが、恋の諍いのほうがきついのだ。
だから、ああ、憎んで恋をし、恋ゆえに恨《うら》みが募《つの》る。

※1　このロミオの台詞はハーフライン（半行）。直前のベンヴォーリオのハーフラインに続いて弱強五歩格の韻文の一行を完成する。以降、台詞が下がっているところは、このようなハーフラインを表わす。

※2　ロミオはベンヴォーリオの口ぶりを真似ながら押韻して、歌を詠む感じになる。
なお、キューピッドは愛の女神ヴィーナス（アプロディーテー）の子で、翼の生えた裸の美少年が目隠しをして弓矢を持つ姿で表わされる。

そもそも無から生まれた有だ！
くだらぬことで憂《うれ》いに沈み、戯《たわむ》れ事に真剣になる。
恋と呼べば聞こえはいいが、その内実はどろどろだ！
まるで鉛の羽根、輝く煙、冷たい炎、病んだ健康、※
覚醒《かくせい》した眠り、休まらぬ休息といったところだ！
こんな恋を感じても、こんな恋は恋しくない。
おかしいだろ？

ベンヴォーリオ　いや、泣きたいぐらいだ。

ロミオ　え、どうして？

ベンヴォーリオ　その心の重荷をわが身に感じて。

ロミオ　そいつは思いやりの押し売りというものだ。
この胸には悲しみが重くのしかかっているのに、
そこに君の悲しみも加えて、
おしつぶそうとする。君が示した愛情は、
この恋の悲しみに悲しみを上乗せするだけだ。
恋とは、溜《た》め息の雲から立ちのぼる煙だ。
晴れれば、恋する者の目に火の手があがり、
霞《かす》めば、恋の涙で海の嵩《かさ》が増える。
そうだろ？　実に分別ある狂気さ。

※　オクシモロン（撞《どう》着《ちゃく》語法）と呼ばれる矛盾した表現法。のちにジュリエットも用いる（97頁）。

息がつまるつらさだが、命を育《はぐく》む甘さでもある。
じゃあな。

ベンヴォーリオ　待てよ、一緒に行こう。
置いてきぼりはひどいぞ。

ロミオ　ぼくは、自分を見失ってしまい、ここにはいないんだ。
ここにいるのはロミオじゃない。ロミオはどこかほかにいる。

ベンヴォーリオ　マジな話、お目当てはだれだい？

ロミオ　え、目も当てられないマジい話を聞きたいのか？　いや。

ベンヴォーリオ
そうじゃなくて、だれなんだ、まじめに言えよ。

ロミオ　重い病《やまい》の思いのたけをまじめに言えとは
みじめないじめ。
いや、まじめな話、ぼくが恋しているのは――女だ。

ベンヴォーリオ　そうじゃないかとは思ったよ、君が恋するとなりゃ。

ロミオ　勘がいいな！　美人なんだ。

ベンヴォーリオ　わかりやすい的《まと》だな。すぐ当てられる。

ロミオ　ところが、その的に当たらない。はずれるんだよ、※
キューピッドの矢が。処女神ダイアナを信じるあまり、
純潔の固い鎧《よろい》で身を護《まも》り、

※　この行から次頁のロミオの長台詞の最後「こうして語るこのぼくは、生ける屍《しかばね》、死んだも同然」まで、英雄詩体二行連句（heroic couplet）となっている。恋に恋するロミオが朗々と恋を歌い上げる感じを表わしている。

恋の小僧が放つ軟弱な矢など刺さりもしない。
口説き文句で攻撃しても効果なく、
攻めたてる流し目にもびくともしないし、
聖者さえほだされようという黄金にも膝《ひざ》を崩さぬ※。
ああ、あの豊かな美しさも一代限り、死ぬときは、
あの美貌《びぼう》も儚《はかな》く費《つい》えて一文なしだ。

ベンヴォーリオ　じゃあ、生涯独り身を通すと誓ったのか。

ロミオ　そうなんだ、その身を惜しんで、無駄遣い。
美貌に何も与えずに、飢え死にさせる堅物《かたぶつ》だ。
子孫にはあの美しさを、遺《のこ》さない。
美しすぎて賢すぎ、賢いまでに純潔すぎる。
至福の喜びを捨て去って、ぼくを絶望させるのだ。
恋などしないと誓いを立てた、そのことを
こうして語るこのぼくは、生ける屍《しかばね》、死んだも同然。

ベンヴォーリオ　ひとつ忠告してやろう。その人のことは忘れろ。

ロミオ　おお、忘れる方法を教えてもらいたいものだ。

ベンヴォーリオ　その目に自由を与えるのだ。
ほかの美人をよく見てみろ。

ロミオ　そんなことをすれば、

※　全能の神ゼウスが、王女ダナエに惚《ほ》れ、黄金となって彼女の膝に降り注ぎ、妊娠させたという神話に基づく。

あの人の美しさが一層引き立つだけのこと。
美女の額《ひたい》に口づけするあの幸せな仮面は、
黒いがゆえに、内に隠した肌の白さを思わせる。
目が見えなくなった者は、
失った視力の大切さを忘れはしない。
すばらしく美しい女を見せてくれても、
それが何の役に立つ？　ただ
その美人より、もっとすぐれた美人を思い出すだけだ。
さようなら、忘れる術《すべ》などあるものか。

ベンヴォーリオ　その術を教えてやるさ、すべてをかけて。※1

退場。

キャピュレットとパリス伯爵、道化登場。※2

キャピュレット　しかし、モンタギューも同じ
おとがめを受けた。それに、わしら老人が
争いをやめるのは難しいことではない。

パリス　ともに由緒ある家柄でありながら、
ずっと仲がお悪いのは残念なことです。
ところで、お願いしたお話はいかがでしょうか。

※1　ロミオの最後の行末のforgetに対して、debtと押韻して二行連句で決めている。その技巧性を「術」と「すべて」の言葉遊びで表現した。

※2　一七六八年のエドワード・ケイペルが加えた校訂以降、ここより第一幕第二場とするのが慣例。
　なお、ここで「召使」登場としている版があるが、それは後代の学者による改変であり、原文では「道化」。道化役者を指す。のちに登場する召使頭や乳母の従者ピーターも、同じ道化役者（恐らくウィリアム・ケンプ）の役と思われる。

キャピュレット　既に申したことを繰り返すのみだ。
娘はまだ世間知らず。
十四の春も迎えておらぬ。
あと二夏《ふたなつ》がすぎぬうちは、
花嫁となるには早すぎる。
パリス　もっと若くして幸せな母親となる娘もいます。
キャピュレット　若すぎる結婚は散るのも早い。
わしの子供たちはみな土に還《かえ》り、残るはあの子のみ。※
あの子だけがわが血を受け継ぐ希望なのだ。
だが、口説かれるがよい、パリス殿、娘の心をつかむがよい。
肝心かなめは娘の承諾、わしの意向など取るには足らぬ。
あの子がうんと言いさえすれば、あの子の選んだ相手に、
わしも同意の判を捺《お》そう。
今宵《こよい》のわが家は、恒例の宴会だ。
大切な人を大勢お客に招いている。
あなたもどうかいらしてください。
うれしいお客が一人増えれば、なお一段と盛り上がる。
貧相なわが家だが、今夜はようくご覧なさい、
夜空に輝く綺羅星《きらぼし》が大地に降りてやってくる。

※　この行と次の行だけは二行連句になっておらず、その内容から考えても、シェイクスピアは削除するつもりだった可能性がある。

花なら蕾《つぼみ》のご婦人方だ。目にするだけでも
気分が華《はな》やぐ。のろい歩みの冬が去り、
きれいに装う四月の春に、元気な若者が花に囲まれ
感じる喜び。そんな思いを是非今夜、わが家で
味わっていただきたい。目を凝らし、耳をそばだて、
これぞ一番と思える娘に好意をお寄せになるがいい。
大勢をご覧になれば、うちの娘もそのなかに
混ざっておるとわかりましょうが、ものの数には入るまい。
さあ参りましょう。〔召使に〕よいか、おまえ、
美しきヴェローナじゅうを一回りして、〔書付けを渡し〕
ここにお名前を記した方々を見つけ、お伝えしろ。
どうぞわが家へお越しくださいと。

〔キャピュレットとパリス伯爵〕退場。

召使　ここにお名前を記した方々を見つけろだって！　ものの本には、靴屋は巻尺を使い、仕立て屋は靴型で採寸《さいすん》し、漁師は絵筆をふるい、絵描きは網《あみ》を投げるとでも記してあるんだろうが、ここに名前を記した方々を見つけてこいと言われても、だれの名前が書いてあるのか、とんとわからねえ。学のある人のところへ行かなきゃ。――おう、ちょうどいいや！

ベンヴォーリオとロミオ登場。

ベンヴォーリオ　いいか、君、火は火で治《おさ》まるのだ。
新たな苦痛が始まれば、古い痛みは忘れるもの。
ぐるぐる回って眩暈《めまい》がしたら、逆に回って治《なお》すのだ。
死ぬほどつらい悲しみも別の苦悩で癒《い》えるもの。
その目に注《さ》すんだ、新たな毒を、
流れて消えるさ、昔の毒は。

ロミオ　君の薬は効きそうだ。※

ベンヴォーリオ　何に？

ロミオ　　膝のかすり傷に。

ベンヴォーリオ　おい、ロミオ、気でも狂ったか？

ロミオ　狂ったのではないが、狂人以上に身動きがとれない。
牢屋《ろうや》に閉じ込められ、食べる物もなく、
鞭《むち》打たれ、拷問され――やあ、こんにちは。

召使　こんにちは。旦那《だんな》、読むことはおできになりますか。

ロミオ　ああ、哀れな自分の運命ならね。

召使　それなら、本がなくとも読めますな。でも、書かれたことは
読めますか。

ロミオ　ああ、文字や言葉がわかればね。

召使　正直なおっしゃりようだ。では、さようなら。

※　ベンヴォーリオの忠告はababccと韻を踏む半ソネット形式の六行で成っており、その仰々しさを「君の薬」（原文では「オオバコの葉」）と揶揄《やゆ》している。オオバコの葉は、切り傷の止血に用いられた。

ロミオ　まて、君、読めるよ。

〔書付けを読む〕「マーティーノ殿ご夫妻ならびにご令嬢方、アンセルム伯爵ならびに麗《うるわ》しいご姉妹、ヴィトルーヴィオ殿御後室、プラセンシオ殿ならびに愛らしい姪御《めいご》方、マキューシオならびにその弟ヴァレンタイン、叔父《おじ》上キャピュレットご夫妻ならびにご令嬢方、美しき姪ロザラインならびにリヴィア、ヴァレンシオ殿ならびにそのご親族ティボルト、ルーシオならびに華やかなるヘレナ嬢」

豪勢な顔ぶれだな。どこに呼ばれるのだ？

召使　こちらへ。

ロミオ　どこに。晩餐会《ばんさんかい》か。

召使　あっしのお屋敷に。

ロミオ　どのお屋敷だ。

召使　あっしのご主人さまの。

ロミオ　なるほど、まずそれを聞くべきだったな。

召使　聞かれなくたってお教えしますよ。あっしのご主人さまは、大金持ちのキャピュレットさまでして。旦那がモンタギューの人間じゃなけりゃ、どうぞ一杯やりにおいでください。ご機嫌よろしゅう。〔退場〕

ベンヴォーリオ　キャピュレット家恒例の晩餐会には、

君が愛している美しいロザラインも出席する。

ヴェローナじゅうの絶世の美女たちもな。

行きたまえ、君も。そして穢《けが》れない目で、
あの人の顔を、ぼくが教えるほかの顔と比べたまえ。
そうしたら君の白鳥も烏《からす》に思えてくるはずだ。

ロミオ　この目が固く信じる心の教えに※
そんな裏切りが宿るなら、涙は炎となるがいい。
そして涙に溺《おぼ》れながら死にもしないこの目は、
教えを捨てる背徳の嘘つきとして焼かれるがいい。
ぼくの愛《いと》しい人よりもきれいな女だって！　すべてを見通す
太陽さえ、これまでに、あの人と並ぶ美人を見たはずがない。

ベンヴォーリオ　ちぇ、比べる女がいないから美人と思ったまでのこと。
左右の瞳《ひとみ》のどちらにも同じ女が映るなら、秤《はかり》は釣り合う。
その水晶の天秤秤《てんびんばかり》の片方に、君の愛しい人をのせ、
もう片方に、このパーティーで光を放つ
ほかの美人をのせてみろ。今でこそ
最高と思う女でも見劣りがしてくるものだ。

ロミオ　よし行こう。だが、そんな美人は見たくもない。
あの人の光を浴びる喜びにまさる至福はありえない。

〔退場〕

※　この六行はababccと韻を踏む半ソネット形式。ロミオの気取りを表わす。

キャピュレットの妻と乳母登場。※1

キャピュレットの妻　ばあや、娘はどこかしら？　呼んで頂戴《ちょうだい》。

乳母　おや、十二のときのあたしの処女に誓って、お呼びしたんですがね。子羊ちゃん！　てんとう虫ちゃん！　あらやだ！　どこいらしたんでしょ。ジュリエットさま！

ジュリエット登場。

ジュリエット　はーい、だあれ？

乳母　お母さまですよ。

ジュリエット　はい、お母さま、ご用ですか。

妻　実※2はね――。ばあや、外しておくれ。内緒の話だから。――ばあや、戻っておいで。やはりおまえにも聞いてもらいましょ。知ってのとおり、この子も年頃になりました。

乳母　ほんに、何歳何ヶ月何日と何時間まで申し上げられます。

妻　まだ十四にはなりませんが。

乳母　あたしの十四本の歯にかけて、と言っても、十本欠けて四本しか歯がなくて話になりませんが、十四にはおなりになっていません。八月の収穫祭まであと何日でしたっけ。

※1　一七六八年のエドワード・ケイペルが加えた校訂以降、ここより第一幕第三場とするのが慣例。

※2　同じくケイペルの校訂以降、ここを4行の韻文とする慣例があるが、乳母が右往左往する滑稽な場面であり、原典どおり散文と判断する。

妻　二週間とちょっと。
乳母　ちょっとか、ずっとかは、ともかくとしても、ほかならぬ収穫祭の前夜、七月三十一日の夜、十四におなりです。スーザンとお嬢さまは——神さま、お守りくださいませ——同い年でした。そう、スーザンは神に召された。あたしには過ぎた子でした。でも、収穫祭前夜にお嬢さまは十四におなりだ。いや、それはよく覚えております。ちょうど十一年前のあの大地震のときでした。この子が乳離れして——忘れもしません——よりにもよって、まさにあの日です。あたしはおっぱいに苦蓬《にがよもぎ》を塗って、鳩小屋の軒下で日向《ひなた》ぼっこをしていました。旦那さまと奥さまはマントヴァへお出かけ——いえ、あたしだって記憶力はあるんですよ——それが、申し上げたように、この子が乳首の苦蓬を舐《な》めて、苦かったものですから、かわいそうに、癇癪《かんしゃく》を起こして、おっぱいと喧嘩《けんか》をなさって！　そのときですよ、鳩小屋ががたがたと揺れたのは。出ていけと言われるまでもなく、一目散に飛び出しましたっけ。あれから十一年ですからねえ。あのとき立っちができるようになって、いえ、それどころか、そこらじゅうをよちよち駆け回ってらっしゃいました。なにしろ、その前の日におでこに瘤《こぶ》をこさえましたからねえ。そしたら、うちの人が——神さま、お守りくださいませ、陽気な人でした——だっこして言うんですよ、「おやおや、うつ伏せにお転びですかい？　年頃になったら、仰向けにお転びなさいよ。いいですね、お嬢さま？」　そしたらどうでしょう、かわいいお馬鹿さん、泣きやんで、「うん」ですって。そんな笑い話が本当になってしまうなんてねえ。本当に、千年長生きしても、忘れやしません。「いいですね、お嬢さま？」って言ったら、かわいいお馬鹿さん、ぴたりと泣きやんで、「うん」ですって。

夫人　もうたくさん。黙って頂戴。

乳母　はい、奥さま、でも笑わずにはいられません。泣きやんで、「うん」ですもの。でも、本当ですよ、おでこに、ひよこのおちんちんくらいの瘤《こぶ》ができましてね。危ないところでした。痛くして、ずいぶんお泣きになったんです。うちの人が、「おやおや、うつ伏せにお転びですかい？　年頃になったら、仰向けにお転びなさいよ。いいですね、お嬢さま？」ぴたりと泣きやんで「うん」ですよ。

ジュリエット　ばあやもぴたりとやめて頂戴。

乳母　はい、もうやめます。ほんに、お幸せに。あたしがお乳をあげた一番かわいい赤ちゃんですもの。これでお嫁入りのお姿を拝むことができたら、思い残すことはありません。

夫人　そう、そのお嫁入りのことなのですよ、話というのは。ねえ、ジュリエット、おまえ、結婚についてはどう思っているのかしら。

ジュリエット　そのような晴れがましいこと、考えたこともありません。

乳母　晴れがましいですって。あたしのお乳だけを飲んでお育ちになったお嬢様がこんなに賢いのは、まるでお乳がよかったからみたいですね。

夫人　じゃ、今からでも結婚を考えておくれ。ここヴェローナでは、おまえより若い、良家のお嬢さまが、すでに母親になっています。私だって、おまえの年頃には、おまえを産んでいました。

それでね、かいつまんで言えば、凛々《りり》しいパリスさまが
おまえを是非にとおっしゃってくださっているのよ。
キャピュレット夫人　立派な方よ、お嬢さま！　そりゃあもう、お嬢さま、世界一の——いやもう完璧《かんぺき》なお方。
乳母　花ですね、いやまったく、本当の花。
キャピュレット夫人　ヴェローナの夏にもあれほどの花は咲きません。
乳母　どうですか、おまえ、あの方を愛せますか？
夫人　今夜のパーティーでお目にかかるとき、
パリスさまのお顔を本として繙《ひもと》き、
美の神が書き込んだ喜びをご覧なさい。
整った目鼻だちの一つ一つが
美貌《びぼう》と人望に満ちている。
この美しい書物でわからないところは、
目という注釈を見つめれば読み解ける。
貴重な恋のこの本は、まだ綴《と》じられていない自由の身。
製本するのに必要なのは妻という名の表紙のみ。
美しき表《おもて》の奥にあるべきは美しき奥方、
水を得た魚《うお》のごとく、美が美を包む晴れ姿。
世の賞賛を受けたこの本が秘める黄金《おうごん》物語、
金の留め具でしっかり留めるのが真の世渡り。

あの方を夫に持てば、すべてはみなおまえのもの。
おまえが失うものは何一つないのですもの。※1

乳母　失うどころか、もうけますよ、女は男で子供をもうける。

夫人　さ、言ってごらん、パリスさまを好きになれる？

ジュリエット　見ることで好きになるのなら、見て好きになりましょう。
でも、この目が放つ視線の矢は、あまり深くは刺さりません。
弓をひくのはお母さまだから、それより遠くには飛びません。

召使登場。※2

召使　奥方さま、お客さまは皆さまお見えになり、夕食の支度は整い、奥方さまは呼ばれ、お嬢さまは探され、ばあやは台所で悪口を言われて、大変な騒ぎになっております。私も、お給仕をせねばなりません。どうか、すぐいらしてください。〔退場〕

母親　じゃ行きましょう、ジュリエット、伯爵さまがお待ちですよ。

乳母　お行きなさい、お嬢さま。幸せな日々に続く幸せな夜をお求めなさい。

一同退場。

※1　ここに至る十二行は英雄詩体二行連句。ここではその一部を日本語のライム（押韻）に移し変える訳を試みた（「の身／のみ」など）。キャピュレット夫人が凝った修辞・様式（ひいては形式・世間体）に過剰にこだわり、それに対してジュリエットが形式的に応《こた》えるのが、ドラマの核となる。

※2　第一・四折本《クオート》では「道化登場」。

ロミオ、マキューシオ、ベンヴォーリオのほか、五、六人の仮面をつけた男たちと松明《たいまつ》を持った者たち登場。※1

ロミオ　どうする、飛び入りの言い訳代わりに挨拶《あいさつ》でもするか？
それとも断りなしにもぐりこむか？

ベンヴォーリオ　そんな回りくどいのは時代遅れだ。
スカーフで目隠ししたキューピッドを先頭に立たせ、※2
トルコ風のカラフルな弓を引かせて、
案山子《かかし》よろしくご婦人方を脅《おど》すなんていうのはごめんだね。※3
他人《ひと》にどう思われようと知ったことか。
ひと踊りご披露して、引き上げるまでだ。

ロミオ　松明をくれ。とても踊りまわる気分じゃない。
暗い心には、明るい光がふさわしい。

マキューシオ　だめだよ、ロミオ、おまえが踊らないと。

ロミオ　いや、やめとくよ。君たちは底の軽い
ダンス靴を履いているが、この心は心底重※4い。
底知れぬ地中に埋まって動けやしない。

マキューシオ　恋をしているんだろ。キューピッドの翼を借りて、
空高く舞いあがれよ。

※1　一七七三年のジョージ・スティーヴンズが加えた校訂以降、ここより第一幕第四場とするのが慣例。

※2　仮面舞踏者《ぶとうしゃ》は、キューピッドに扮装させた少年に、招待者への挨拶を言わせることがよくあった。『恋の骨折り損』の少年モスを参照のこと。

※3　このあと、第一・四折本《クオート》のみにある「我々の登場のために、本を持たない序詞役が、プロンプターに助けられてしどろもどろに話すのもやめだ」という二行の台詞は、第二・四折本ではカット。

※4　原文ではsole（靴底）とsoul（魂）の言葉遊び。以下、頻発する言葉遊びは日本語の言葉遊びに置き換えた。

ロミオ　あいつに射貫《いぬ》かれた傷はとびきり重く、
あんな軽い羽では飛び切れない。羽をつけても、
悲しみに撥《は》ねつけられる。恋の想《おも》いという
重い錘《おもり》をつけて沈むのみだ。
マキューシオ　恋に沈むとは、やさしく繊細な
恋をずいぶん重く押さえつけるんだなあ。[※1]
ロミオ　恋がやさしいって？　恋は乱暴だ、
つらく、荒々しく、棘《とげ》のように突き刺さる。
マキューシオ　恋が乱暴なら、おまえも恋に乱暴しろ。
刺されたお礼にぶすりとやって押さえ込むんだ。
仮面をよこせ、この顔を隠す隠れ蓑《みの》だ。[※2]
仮面をつけてもかわり映えしない面《つら》だがな！
物好きな目がこのひどい顔を見ようとしても気にすまい。
このげじげじ眉《まゆ》が、俺の代わりに赤面してくれよう。
ベンヴォーリオ　さあ、門を叩《たた》いて入ろう。入ったらすぐ、
踊り出すんだぞ。
ロミオ　松明をよこせ。感じもしないカーペット[※3]を
踵《かかと》でくすぐるのは心の軽い遊び人に任せよう。
この俺は、古い諺《ことわざ》にあるとおり、傍目《おかめ》八目《はちもく》、

※1　第二・四折本では「ホレイシオ」となっている。

※2　マキューシオは招待客なので、正体を隠す必要はない。仮面をつけるのは仮面舞踏会であるため。

※3　原文では藺草《いぐさ》。当時は床や舞台に藺草を敷いた。現在では失われた文化なので、あえてカーペットとした。

明かりを持って高みの見物だ。
勝負は最高潮のときに抜けるが勝ちだ。
マキューシオ　ちぇ、間抜けのくせに抜け駆けするのか。
おまえが抜けてるなら、僭越《せんえつ》ながら、
首までつかった恋の泥沼から、その首、
ひっこ抜いてやる。さあ、昼間の松明だ、行くぞ！
ロミオ　今は昼じゃない。
マキューシオ　　　　　　つまりさ、ぐずぐずすれば、
昼間を照らすように明かりが無駄だってことだ。
人の心をわかれよ。理解するってのは
五感で感じる五倍も、心で感じることだ。
ロミオ　舞踏会に行こうという心はあるが、
行こうというのは利口じゃない。
マキューシオ　　　　　　　　　その心は？
ロミオ　昨夜《ゆうべ》夢を見た。
マキューシオ　　　　　俺もさ。
ロミオ　どんな夢だ、君のは？
マキューシオ　　　　　　　　夢を見る奴は嘘をつくという夢さ。
ロミオ　つくのは寝床だ。それに夢は正夢さ。

マキューシオ　ああ、じゃ、おまえ、マブの女王※1と一緒に寝たな。妖精※2たちが夢を産むのを助ける産婆役だ。町役人の人差し指に光る瑪瑙《めのう》のように小さな姿でやってきて、芥子粒《けしつぶ》ほどの小さな動物の群れに車をひかせ、眠っている人間どもの鼻先かすめて通って行く。まわる車輪のスポークは、足長蜘蛛《ぐも》の足。広がる幌《ほろ》は、バッタの羽だ。馬を牽《ひ》く綱《つな》は、蜘蛛の細糸、首輪は、しっとり月の光、鞭《むち》の棒は蟋蟀《こおろぎ》の骨、鞭の縄は細い糸、御者《ぎょしゃ》は灰色の服を着た小さな蚋《ぶよ》だが、だらしない女の指先から湧《わ》くという丸い蛆《うじ》の半分の大きさもない。車体は※3ヘーゼルナッツの殻。作った大工は、昔から妖精の馬車造りを引き受けてきた栗鼠《りす》か甲虫《かぶとむし》だ。かくも豪華ないでたちで、夜毎に走るマブの女王。恋人の頭をかすめりゃ、愛の夢。宮廷人の膝先《ひざさき》かすめりゃ、お辞儀《じぎ》の夢。弁護士の指先かすめりゃ、謝礼の夢。貴婦人※4の唇かすめりゃ、キスの夢。砂糖菓子の食いすぎで息が臭けりゃ、怒ったマブは、唇に爛《ただ》れをこさえて苦しめる。宮廷人の鼻先通りゃ、くんくんと金《かね》づる嗅《か》ぎつける夢を見させる。教会に奉納する豚の尻尾《しっぽ》をもってきて、寝ている神父の鼻をくすぐれば、またもや財産増える夢。兵隊さんの首の上を駆け抜けりゃ、敵の喉笛《のどぶえ》掻《か》っ切る夢。敵陣突破だ、待ち伏せだ、スペインの名刀だ、ついでに何度も交わす乾杯の夢だ。それ

※1　マブ（mab）は性的にしまりのない女の意。女王（queen）は、売春婦（quean）と同音。民話に「マブの女王」という妖精《ようせい》がいたか不詳。シェイクスピアの創作かもしれない。

※2　ここから韻文とする版もあるが、第二・四折本《クオート》どおり散文とする。

※3　「車体は」から「甲虫だ」までを「まわる車輪のスポーク」の前に置くのは後世の学者による改変。

※4　当時、砂糖菓子は贅沢品《ぜいたくひん》だったが、歯を磨く習慣がなかったため、虫歯で歯が腐り、悪臭の原因とされた。ウェブスター作『白い悪魔』第二幕第一場にも、砂糖菓子と口臭の悪さの連想がある。

からすぐに耳元で陣太鼓《じんだいこ》が鳴り響く夢を見させりゃ、兵隊は飛び起き、腰抜かし、ぶつくさ言ってまた眠る。これぞまさしくマブの女王の仕業。馬のたてがみを夜もつれさせ、汚い自《じ》堕落女《だらくおんな》の髪の毛をぐじゃぐじゃにし、そいつが解けたら、不幸の徴《しるし》っていうのもマブ。娘が仰向けに寝ていると、上から押しつけて、男の重みに耐える準備をさせ、重みのあるいい女にするのもこのババァだ。

マブの女王は——

ロミオ　おい、よせ、マキューシオ、よせ！
おまえの言うことには意味がない。

マキューシオ　そりゃそうさ、夢の話だからな。
頭の無駄な働きが生み出した妄想さ。
つまらん空想が生みの親。
空気のようにとらえどころがなく、
風よりもふらふらしている。たった今、
北国の凍える胸元《ここ》に愛をささやいていたかと思うと、
ぷいと怒って立ち去って、
露の滴《つゆしたた》る南国に思いを寄せる風よりもな。

ベンヴォーリオ　おまえの風の話で本筋から吹き飛ばされた。
晩餐《ばんさん》は終わり、今から行っても遅すぎるかもしれない。

ロミオ　早すぎるかもな。なんだか胸騒ぎがする。
今はまだ運命の星にひっかかっている大事件が、
今夜の宴会をきっかけに恐ろしい歩みを始め、
この胸の奥にしまったつまらぬ命の
期限が切れたとばかりに、不慮の死という罰を科し、
悪質な取り立てを始めるかもしれない。
だが、人生の舵《かじ》を取りたもう恋の神よ、
わが旅路を導きたまえ。行こう、みんな。

ベンヴォーリオ　太鼓を打ち鳴らせ。

※ロミオら一同が舞台をぐるりと行進しているあいだに、召使たちがナプキンを持って前に出てくる。

召使頭　ポットパンはどこだ。片付けも手伝わないで。皿も運ばん、拭《ふ》きもせんとはどういうことだ！

召使一　ちゃんとした給仕の作法を知っているのが一人か二人しかいなくて、そいつらが手も洗ってねえんだから、ひでえ話だ。

召使頭　折りたたみ椅子を片付けろ。食器棚をどけろ。その皿、気をつけろ。おまえ、マジパンを少し取っといてくれ。それから、悪いが、門番に、スーザン・グラインドストーンとネルが来たら、

※　一七七三年のジョージ・スティーヴンズの校訂以降、ここより第一幕第五場とするのが慣例。

通してやるように言ってくれないか。――アントニー、ポットパン！

召使二　おう、ここだ。

召使頭　探してたんだぞ。呼ばれてんだ、すぐ来いって。なんでいないんだ、大広間に。

召使三　ここにいるんだ。向こうにいるわけねえだろ。――さあ、しまっていこうぜ、みんな！　せっせと働け、長生きすれば長者になるのも夢じゃねえ。

退場。

〔キャピュレット夫妻、ジュリエット、ティボルト、乳母、キャピュレットの叔父《おじ》ら〕大勢の客達や淑女達が登場し、仮面をつけたロミオたちを迎える。

キャピュレット　ようこそ、諸君！　足にまめができていないご婦人方が皆さんの踊りの相手をしてくださるでしょう。ご婦人方のなかで、どなたか、踊れないなんて方はいらっしゃらないでしょうな。いやがったりする方は、まめができているに違いない。え、図星でしょう？　ようこそ、皆さん。わしもかつては仮面をつけて、美しいご婦人の耳にささやいたりしたこともあったものだが、いや、もう、はるか、むかしむかしの昔話だ！　ようこそいらした、皆さん。さあ、音楽をやってくれ。

音楽が演奏され、皆踊る。

さあ、広がって、場所を空けて！　さ、踊ってください、お嬢さん方！
もっと明かりだ、おまえたち。テーブルを片付けろ。
松明《たいまつ》の火を消せ。部屋が暑くなってきた。
なんともはや、この飛び入りの連中はなかなかいいな。
いやいや、どうぞ坐《すわ》ってください、叔父上。※1
なにしろ、お互い、踊りを楽しむ歳ではなくなりましたからな。
一緒に仮面舞踏会で踊ったのは、
いつのことでしたか。

叔父　かれこれ三十年も前だ。

キャピュレット　まさか、そんな前じゃない、そんな前じゃない。
ルーセンシオの結婚式のときだから、
ペンテコスト※2のお祭りがどんなに早く来たって、
二十五年ぐらい前ですよ、一緒に踊ったのは。

叔父　もっと前、もっと前、あれの息子はもっと歳だぞ。
三十になる。

キャピュレット　本当ですか？

※1　招待状に記載された「叔父」(uncle)のことであろう。「従弟」ないし「従兄」とする翻訳があるが、原文のcousinは「従《い》兄弟」ではなく「親戚」の意味。かなり高齢の老人と一緒に踊った話をするのが滑稽。

※2　聖霊降臨祭。イースターの後の第七日曜日（Whitsunday)。

あの息子には二年前まで後見人がついていましたよ。

ロミオ 〔召使に〕 あちらの紳士の手を優雅にとっていらっしゃる
ご婦人はどなたです。

召使 さあ、存じません。

ロミオ ああ、あの人は松明に明るい輝きかたを教えている！※
夜のくすんだ頬を染め、揺れて輝くそのさまは、
黒人娘の耳にきらめく豪華な宝石。
しまっておきたい美しさ。この世のものとも思われぬ。
ほかの女に囲まれて、あの人だけが光るのは、
あたかも烏《からす》の群れにただ一羽、雪と降《お》り立つ白い鳩。
踊りが終わるそのときに、どこに行くのか見ていよう。
あの手に触れて、卑《いや》しいこの手を清めてもらおう。
今までに恋をしたのか、この心？ この目よ、誓え、しなかったと。
真《まこと》の美女を、今宵《こよい》まで、目にしたことはなかったと。

ティボルト あの声はモンタギューの家の者。
小僧、俺の剣をもってこい。〔少年退場〕 あの野郎、
馬鹿げた面《めん》なんかつけやがって、
うちの儀式を馬鹿にしに来たな。
よし、わが一族の名誉にかけて、

※ この十行の台詞を、ロミオは英雄詩体二行連句で歌い上げる。

奴を叩《たた》き斬っても罪とは思わぬ。

キャピュレット　おや、どうした、おまえ、何を息巻いている？

ティボルト　叔父上、敵方のモンタギューの者です。
うちの宴会を馬鹿にしに、
今晩乗り込んできたのです。

キャピュレット　ロミオだな。

ティボルト　そう、悪党のロミオです。

キャピュレット　落ち着け、ティボルト。相手にするな。
あいつは立派に紳士らしく振る舞っているじゃないか。
それに、正直言って、ヴェローナでは評判の男だ。
徳高く、しっかりした若者だとな。
街じゅうの財産をもらっても、
この家で、あいつと喧嘩《けんか》をしてほしくない。
だから、我慢しろ。気づかなかったふりをしろ。
わしの意志だ。それを尊重する気があるのなら、
にこやかに振る舞って、しかめっ面《つら》をやめろ。
宴会にはふさわしくない顔だ。

ティボルト　あんな奴が来た宴会には、この顔がふさわしいのです。
我慢がなりません。

キャピュレット　我慢するのだ！　我慢しろと言っておるのだ！　おい！
なにを、若造の分際で！　我慢しろと言っておるのだ！　おい！
この家の主人はわしか、おまえか？　おい！
我慢がならぬだと！　ぬかしおって、
わしの客を巻き込んで騒ぎを起こそうというのか。
一悶着《ひともんちゃく》起こして、男でございというつもりか！
ティボルト　ですが、叔父上、恥です。
キャピュレット　ばかばかしい。
生意気を言うな。冗談じゃない。
そんな馬鹿をやれば痛い目にあうぞ。なるほど、
わしにたてつく気か。いいかげんにせんと——
いやあ、よかった、みなさん——でしゃばるな、
黙っていろ、さもないと——。明かりだ！　明かりだ！——恥知らずめ、
口がきけないような目にあわせるぞ、え！——さあ愉快に、みなさん！
ティボルト　無理やりの忍耐は湧き上がる怒りとぶつかり、
気持ちはまとまらず、この体は震えるばかり。
ここは引き下がろう。だが、のこのこやってきやがって。
今はにこにこしてやるが、必ずひどい目にあわせてやる。

退場。

ロミオ 〔ジュリエットの手を取って〕卑しいわが手が、もしもこの[※1]
聖なる御堂《みどう》を汚《けが》すなら、どうかやさしいおとがめを。
この唇、顔赤らめた巡礼二人が、控えています、
乱暴に触れられた手をやさしい口づけで慰めるため。

ジュリエット 巡礼さん、それではお手がかわいそう。
こうしてきちんと信心深さを示しているのに。
聖者にも手があって、巡礼の手と触れ合います。
こうして掌《たなごころ》を合わせ、心を合わせるのが聖なる巡礼の口づけです。[※2]

ロミオ 聖者には唇がないのですか、そして巡礼には？

ジュリエット あるわ、巡礼さん、でもお祈りに使う唇よ。

ロミオ では、聖者よ、手がすることを唇にも。
唇は祈っています。どうかお許しを、信仰が絶望に変わらぬように。

ジュリエット 聖者は心を動かしません。祈りは許しても。

ロミオ では動かないで。祈りの験《しるし》をぼくが受け取るあいだ。
〔キスする〕
こうしてぼくの唇から、あなたの唇へ、罪は清められました。

ジュリエット では私の唇には、あなたから受けた罪があるのね。

ロミオ この唇から罪が？ なんというやさしいおとがめ。
その罪を返してください。
〔キスする〕

※1 ここからソネット形式になっており、ソネットが完成した瞬間にロミオはキスをする。そしてもう一度四行連を繰り返し、もう一度キスする。

※2 巡礼はエルサレムに巡礼した記念に棕《しゅ》櫚《ろ》(palm)の葉や枝を持ち帰ったため、palmerと呼ばれた。これを掌《てのひら》のpalmに掛けて、ジュリエットは言葉遊びをしている。

ジュリエット　キスの儀式みたいね。
乳母　お嬢さま、お母さまがお話があるそうです。
ロミオ　あの人のお母さまとはだれです？
乳母　あら、お若いの、
お母さまというのは、このお屋敷の奥さまですよ。
いい奥さまでね。賢くて、おやさしくて。
あたしはそのお嬢さま、お尋ねの娘さんのばあやです。
だから言うけれど、あの子をものにする男は、
大儲《おおもう》けですよ。
ロミオ　あの子はキャピュレット？
なんという高いつけだ。わが命は敵《かたき》に払う借金か。
ベンヴォーリオ　さあ、行こう、お楽しみもここまでだ。
ロミオ　ああ、そうだな。胸の高鳴りもここまでだ。
キャピュレット　いや、諸君、まだお帰りには早い。
ちょっとしたデザートを用意しております。
《耳打ちをされる。》
そうですか？　それでは、よく来てくださいました。
みなさん、ありがとう、おやすみなさい。

こっちにもっと明かりを。さあ、では、休みましょう。
なんともはや、遅くなってしまった。
休むとしよう。〔ジュリエットと乳母を残して一同退場〕

ジュリエット　ばあや、ちょっと。あそこにいる紳士はどなた？

乳母　タイベリオさまのご嫡男です。

ジュリエット　今出て行かれる方は？

乳母　ああ、あれはペトルーキオさんじゃないかしら。

ジュリエット　今、出て行った方は？　踊ろうとなさらなかった方。

乳母　わかりません。

ジュリエット　お名前を聞いてきて。――結婚していらしたら、
お墓が私の新床《にいどこ》になるわ。

乳母　名前はロミオ、モンタギューです。
敵方の一人息子です。

ジュリエット　たった一つの私の恋が、憎い人から生まれるなんて。
知らずに逢《あ》うのが早すぎて、知ったときにはもう遅い。
憎らしい敵《かたき》がなぜに慕《した》わしい。※
恋の芽生えが、恨《うら》めしい。

乳母　何ですか、何ですか。

ジュリエット　おぼえたばかりの歌の歌詞。ついさっき

※　hate とlate, me とenemy で韻を踏む二行連句。いかにも歌の文句らしい響きになる。

踊った相手からならったの。

奥でだれかがジュリエットの名前を呼ぶ。

乳母　はい、ただいま！
さ、行きましょう。お客さまはみんなお帰りです。

退場。

コロス〔登場※〕。

はかなくも、古びた恋は、墓の中、
　新たな愛があとを継ぐ。
この人命《いのち》と恋した美女も、
　純情なジュリエットと比べれば十人並み。
ロミオは思い、思われて、
　互いに見入る顔と顔。
されど、相手は敵《かたき》の娘《こ》。
　針に刺さった甘い餌《えさ》。
愛し愛され、逢いたいけれど、
　声に出せない、恋心。

※　後世の校訂により、この歌の前後から第二幕とするのが慣例。なお、この歌はソネット形式の十四行詩になっている。
　コロスとは、もともとギリシア演劇の合唱隊を指す用語だが、ここでは語り手ないし歌い手と解すればよい。

相手が敵《てき》では、逢いにも行けぬ。
ならぬ逢瀬《おうせ》を、なんとしょう。
愛の力で是が非でも、逢ってみせるが真《まこと》の愛。
荒い恋路も、甘い味。
〔退場〕

ロミオ、独り登場。

ロミオ　心がここに残るのに、この身だけ前には進めない。
引き返せ、心を失った土くれの体。おまえの心臓を探し出すんだ。
〔物陰に隠れる〕

ベンヴォーリオがマキューシオとともに登場。

ベンヴォーリオ　ロミオ！　ロミオくーん！　ロォミオゥ！
マキューシオ　頭いいからな、あいつ。
こっそり先に寝に帰ったんだよ。
ベンヴォーリオ　こっちに走ってきて、この庭の壁を飛び越えた。
呼んで見ろ、マキューシオ。
マキューシオ　よし、呪文《じゅもん》で呼び出そう。
ロミオ！　浮気者！　いかれぽんち！　燃える男！　色男！
溜《た》め息の恰好《かっこう》をして出て来い。

ひとつ、韻を踏んで歌ってみせろ。
嘆《なげ》き節《ぶし》で、「鳩」と「ハート」で掛詞《かけことば》ってのはどうだ。
ヴィーナスのおばさんを褒《ほ》めあげな。その一粒種《ひとつぶだね》の、
おめめの見えないキューピッドには
万年小僧《まんねんこぞう》とあだ名をつけろ。あいつに射られた
コフェチュアの王さま※1は、乞食娘にべた惚《ぼ》れだ。
聞いていないな、動きもしない。うんともすんとも言わないな。
死んじまったか、お猿さん。※2じゃあ、呪文をかけるぞ。
ロザラインの麗《うるわ》しき瞳《ひとみ》にかけて出て来い。
その広い額、紅い唇、
すてきな足先、すらりとした脚、ふるえる太もも、
そしてその近くの叢《くさむら》にかけて、
ロミオの姿で立ち現われろ。

ベンヴォーリオ　奴に聞こえたら、怒るぞ。

マキューシオ　こんなんじゃ怒らないよ。怒らせるには、
奴の恋人の魔法の輪の中に、不思議な化け物を挿入するんだな。
ビンビンお化けをおっ立てて
女がそいつをくわえ込み、
萎《な》えさせりゃ見ものだぜ。俺の呪文は

※1　当時のバラードでよく歌われた乞食娘に恋した王様の名前。
※2　「お猿さん」は愛情表現であると同時に、死んだふりをする猿回しの猿にロミオをたとえている。

まっとうだ。奴の恋人の名にかけて、
奴を立たせてやろうというのだから。
ベンヴォーリオ　おい、あいつはこの木立ちに隠れたんだ。
湿った夜としっぽりやるつもりだ。
恋は盲目だから、暗闇がお似合いってわけだ。
マキューシオ　恋が盲目なら、一発射貫《いっぱついぬ》くのも無理だな。
今頃あいつは花梨《かりん》の木陰にすわって、
自分の恋人がそんな果実だったらなあと思っているんだ。
娘たちがその名を呼んで忍び笑いをする果実だ。
ああ、ロミオ、愛しいあの子が、花梨のように尻《しり》に割れ目があって、
おまえが細長い梨であることを祈るぞ！
お休み、ロミオ、俺は寝に帰るぜ。
この野っぱらじゃ寒くて眠れん。
さあ、行こうか。
ベンヴォーリオ　じゃあ、行こう。むだだよ、
見つかりたくもない奴を探してみてもはじまらない。

〔ベンヴォーリオとマキューシオ〕退場。

〔ロミオ、物陰より現われる〕

ロミオ　人の傷見て笑うのは、傷の痛みを知らない奴だ。※1
〔二階舞台のジュリエットの気配に気づいて〕
だが待て、あの窓からこぼれる光は何だろう？
向こうは東、とすればジュリエットは太陽だ！
のぼれ、美しい太陽よ、妬《ねた》み深い月を消してしまえ。
月に仕える君のほうが、はるかに美しいために
月は悲しみに青ざめている。
月の女神に仕えて貞節を守るな。※2 嫉妬《しっと》されるだけだ。
女神に仕える者は、病んだ緑色の服を着て貞女ぶる。
阿呆※3の衣装だ。脱ぎ捨てろ。〔ジュリエット、二階舞台から顔を出す〕
あれはわが愛しの人。おお、わが恋人！
それがあの人にもわかってもらえたら！
何か言うぞ。いや、何も言わぬ。でもかまわない。
あの目が物語っている。答えてみよう。
思い上がるな。こちらに話しかけているのではない。
満天の星のなかで最も美しい二つの星が
何かの用事があって戻るまで、あの人の目に、
代わりに天で瞬《またた》くように頼むのだ。

※1　一七四四年のトマス・ハンマーの校訂以降、ここより第二幕第二場とするのが慣例だが、このロミオの台詞はその直前のベンヴォーリオの台詞と韻を踏んでおり、場面は切れない。「訳者あとがき」を参照のこと。

※2　月の女神ダイアナは処女神でもあり、愛の女神ヴィーナスと対立する。

※3　処女神に従うのは阿呆《あほう》であるという意味のほか、緑のまざった衣装を着た宮廷道化師を指すと考えられる。

あの瞳が空にあり、星があの顔にあったらどうだろう。
あの頰の明るさでは、星も恥じ入ることだろう、
日の光を浴びた灯火《ともしび》さながら。空に輝くあの瞳は、
明るくあたりを照らし出し、
鳥たちも昼かと思ってさえずるだろう。
ほら、なんてかわいく頰杖《ほおづえ》をついて！
ああ、あの手を包む手袋になって、
あの頰に触れてみたい！

ジュリエット　ああ！

ロミオ　何か言うぞ。
おお、もう一度口をきいておくれ、輝く天使よ、
君は、翼《つばさ》をつけた天の使い。
この頭上にあって、夜空に輝く。
人間どもが驚いて後ずさりし、
空を仰いで見守るなか、
ゆったり流れる雲に乗り、
空中をすべり漂《ただよ》う天使そのもの。

ジュリエット　ああ、ロミオ、ロミオ、どうしてあなたはロミオなの。
お父さまと縁を切り、その名を捨てて。

それが無理なら、せめて私を愛すると誓って。
そうすれば、私はキャピュレットの名を捨てましょう。

ロミオ 〔傍白〕もっと聞いていようか、今、口をきこうか。

ジュリエット 私の敵は、あなたの名前。
モンタギューでなくても、あなたはあなた。
モンタギューって何？ 手でもない、足でもない。
腕でも顔でも、人のどんな部分でもない。
ああ、何か別の名前にして！
名前がなんだというの？ バラと呼ばれるあの花は、
ほかの名前で呼ぼうとも、甘い香りは変わらない。
だから、ロミオだって、ロミオと呼ばなくても、
あの完璧《かんぺき》なすばらしさを失いはしない。
ロミオ、その名を捨てて。
そんな名前は、あなたじゃない。
名前を捨てて私をとって。

ロミオ とりましょう、そのお言葉どおりに。
恋人と呼んでください、それがぼくの新たな名前。
これからはもうロミオではない。

ジュリエット だれ、夜の暗闇にまぎれて、

この胸の密《ひそ》かな思いに口をはさむなんて？

ロミオ　　名前では、

自分がだれだかわかりません。

ぼくの名前は、聖者よ、厭《いと》わしいものです。

あなたの敵なのだから。紙に書かれていたら、

破り捨ててしまいたい。

ジュリエット　私の耳はまだ、あなたがお話しになるのを

浴びるように聞いたわけではないけれど、聞き覚えのあるお声。

あなたは、ロミオ？　モンタギューの？

ロミオ　違います、美しい人、あなたがその名を嫌うなら。

ジュリエット　どうやってここに来たの、教えて、なぜ？

庭の塀は高く、登りにくいのに。

それに、だれかうちの者に見つかったら、

この場所は、あなたにとっては、死を意味するのよ。

ロミオ　塀なんか、恋の軽い翼《つばさ》でひとっ飛びです。

石垣に、恋の邪魔だてはできません。

恋する心はなんだってやってのけてしまう。

だから、あなたの家の人もぼくを止めることなどできやしない。

ジュリエット　見つかったら、殺されるわ。

ロミオ　あなたの瞳《ひとみ》のほうがもっと怖い。
二十本の剣よりも。どうか微笑《ほほえ》んでください。
そうすれば怖いものなどありません。

ジュリエット　どんなことがあっても、見つかっちゃだめ！

ロミオ　夜の闇が隠してくれる。見つかりはしません。
でも、愛してくださらないなら、見つかったほうがましだ。
憎しみの剣に斬られてこの命にけりをつけましょう、
あなたの愛もないままに、死ぬ思いで生きるより。

ジュリエット　だれの手引きでここまでいらしたの？

ロミオ　恋の手引き。唆《そそのか》したのは盲目の恋の神《キューピッド》、
知恵を貸してくれたので、この目を貸してやりました。
ぼくは船乗りじゃないけれど、たとえあなたが
最果《さいは》ての海の彼方《かなた》の岸辺にいても、これほどの宝物、
手に入れるためなら危険を冒《おか》して海に出ます。

ジュリエット　私の顔、夜の仮面がついているからいいけれど、
そうでなければ、恥ずかしくて真っ赤になるわ。
今晩この胸のうちを聞かれてしまったのだもの。
できれば体裁《ていさい》を取り繕《つくろ》いたい。そう、さっき言ったことを、もう、
すっかり取り消してしまいたい！　でも、すまし顔はやめとくわ。

私を愛してくださる？「はい」とおっしゃるのはわかっている。
そのお言葉、信じるわ。でも、たとえ誓ってくださっても
嘘かもしれない。恋する者が誓いを破っても
ゼウス※さまはお笑いになるだけとか。ああ、ロミオ、
愛してくださるなら、心からそう言って。
私がすぐに落ちる女だとお思いなら、
私は眉《まゆ》をひそめて、いやと言って、すねてみせるわ。
でも、あなたが口説いてくださらないなら、絶対そんなことしない。
ね、すてきなモンタギュー、私、もう、あなたに夢中なの。
だから、軽い女に見えるかもしれない。でも、
信じて、ね、つんとした振りをしてみせる女より、
私のほうがずっと真心があるわ。
そりゃ私だってもっとよそよそしくしていたかったけど、
あなたに聞かれてしまったんだもの、知らないうちに、
私の本当の恋心を。だから、許して。
こうしてあなたになびくのを、浮気な恋だと思わないで。
夜の闇がさらけだしてしまったんだもの。

ロミオ　あの神聖なる月にかけて誓いましょう。

※ギリシア神話の神々の王ゼウスは、ローマ神話ではユーピテル。多くの女神や人間の女と交わり、子供をもうけた恋多き神。オヴィディウスの『愛の技法』やティブルス（どちらも古代ローマの詩人）の詩にゼウスの笑いへの言及がある。

この木々の梢《こずえ》を銀一色に染めている――

ジュリエット　月に誓っちゃだめ。不実な月、夜ごと姿を変えてしまう月なんかだめ。あなたの愛も変わってしまうわ。

ロミオ　何にかけて誓えばいい？

ジュリエット　誓わないで。どうしてもというなら、立派なあなた自身に誓って。私が崇《あが》める神さまだもの。そしたら、あなたを信じるわ。

ロミオ　もし、この心からの愛が――

ジュリエット　誓わないで。あなたと一緒なのはうれしいけれど、今晩誓いを交わすのはうれしくない。あまりにも無鉄砲、あまりにも突然で向こう見ず、まるで、「光った」と言う間もなく、消えてしまう稲妻みたいだもの。愛《いと》しい人、おやすみなさい、この恋の蕾《つぼみ》は、恵みの夏の息吹《いぶき》を受けて、今度お逢《あ》いするときにはきっと美しい花を咲かせるわ。おやすみなさい、おやすみなさい！　この胸の甘いやすらぎ、あなたの胸にも宿りますように！

ロミオ　え、こんな満たされぬ思いのままに行ってしまうのですか。
ジュリエット　今晩、何が満たされるというの？
ロミオ　あなたの愛も心から誓って欲しい。
ジュリエット　あなたが言う前に誓ったじゃない。
　でも誓わなければよかったわ。
ロミオ　とりけすというの？　どうして？
ジュリエット　もう一度気前よく私の誓いをあげるため。
でも、それじゃ私、自分の持っているものをほしがっているだけね。
私の気前のよさは、海のように果てしなく、
愛する気持ちも海のように深い。あげればあげるほど、
恋しさが募《つの》る。どちらもきりがないわ。
〔奥で乳母が呼ぶ〕
だれか来るわ。愛しい人、さようなら。
いま行くわ、ばあや。――すてきなロミオ、心変わりしないでね。
ちょっと待っていて。すぐ戻ってくるから。
〔ジュリエット退場〕
ロミオ　ああ、すばらしい、すばらしい夜！
夜だから、これはみんな夢ではないか。
夢のように甘すぎる。現実とは思えない。
〔ジュリエット、二階舞台に登場〕
ジュリエット　ほんの一言、ロミオ。そしたら本当におやすみなさい。
もし、あなたの愛が名誉を重んじるものであり、

結婚を考えてくださるのなら、明日、あなたのところへ使いを出しますから、伝えてください、
いつ、どこで、式を挙げるか。
そしたら、私の運命はあなたの足元に捧《ささ》げます。
世界の果てまでも夫のあなたについていきます。
乳母　〔奥から〕お嬢さま！
ジュリエット　今行くわ。――でも、本気じゃないのなら、
どうか――
乳母　〔奥から〕お嬢さま！
ジュリエット　今行くったら――こんなことはやめて、
私を悲しみに浸《ひた》らせて。
明日、使いを送ります。
ロミオ　心待ちにします。
ジュリエット　一千回も「好き」って言いたいわ。おやすみ！
〔ジュリエット退場〕
ロミオ　一千倍もつらい、君の光が消えて。恋人と逢うときは、
下校する生徒のように、うきうきと駆け出す気分だけれど、
別れるときは、登校する生徒のように浮かない気分だ。
ジュリエット〔二階舞台に〕再び登場。

ジュリエット　ねえ！　ロミオ、待って！　ああ、鷹匠《たかじょう》みたいに、
立派な鷹を呼び戻す、通る声があったらいいのに。
親の目に縛られて、大きな声が出せないなんて。
もしもこの身が自由なら、山彦の棲《す》む洞穴※を引き裂いて、
宙に響くその声が私の声よりかすれるまで、
繰り返し叫ばせてやるのに、ロミオの名前を。
ロミオ　わが名を呼ぶのは、わが魂。
夜に響く恋人の声はまるで銀の鈴の音《ね》だ。
じっと耳を澄ませると聞こえてくる、かすかな音楽だ。
ジュリエット　ロミオ！
ロミオ　ジュリエット。
ジュリエット　明日何時に、
人をやりましょうか。
ロミオ　九時に。
ジュリエット　きっとね。それまでが二十年に思えるわ。
どうしてあなたを呼び戻したのか忘れちゃった。
ロミオ　思い出すまでここに立っているよ。
ジュリエット　じゃあ、思い出さない。いつまでもそこにいて欲しいから。

※　山彦すなわちエコーは、ギリシア神話中の森のニンフ。美青年ナルキッソスを恋して死に、声だけが残った。そのエコーが棲家としている洞窟《どうくつ》からエコーを連れ出してきて、ロミオの名を叫ばせるということ。

あなたと一緒にいるのはすてき——それだけを思っているわ。

ロミオ　いつまでも思い出さないで。ここにじっとしているから。
ここ以外に帰るところがあることを忘れてしまおう。

ジュリエット　もうすぐ朝だわ。やっぱり、行って。
でも、遠くへ行くのはいや。いたずらっ子の小鳥と同じ。
ちょっと手から放してやるけれど、
足かせをはめられた哀れな囚人のように、
絹糸でひっぱって連れ戻してしまう。
愛しているから飛んでいってほしくないの。

ロミオ　君の小鳥になりたい。

ジュリエット　そうしてあげたい。
でも、かわいがりすぎて殺しちゃうわ。おやすみ、
おやすみなさい！　別れがこんなに甘くせつないものなら、
朝になるまで言い続けていたいわ、おやすみなさいと。

〔ジュリエット退場〕

ロミオ　その目に眠りを、その胸に安らぎを！
この身が安らぎとなって、その胸で眠りたい！
青く薄らぐ目をした朝が、しかめっ面の夜を叱って微笑《ほほえ》みながら、※
東の雲を光の筋で染め抜き始めた。

※　この行から「逃げていく」までの四行は、再度、次の修道士ロレンスの台詞として印刷されており、どちらかを消し忘れたらしい。アーデン版やペンギン版に従ってロミオの台詞とし、修道士ロレンスの台詞からこの四行を削除したが、ひょっとすると、二人が声をそろえてこの四行を言う演出が意図されていたのかもしれない。

斑《まだら》にほころぶ暗闇は、まだ酔いどれ足で
日《ひ》に追われて、光の道から逃げていく。※1
さあ、神父さまのところに。
この幸せをお知らせし、お力を貸してもらおう。

退場。

修道士ロレンス、独り、かごを持って登場。※2

修道士　さあ、太陽が、燃える日差しを高くあげ、※3
その眼差《まなざ》しで夜露を乾かす昼までに、
毒草や、貴重な薬となる花を
この柳《やなぎ》のかご一杯に摘み取ろう。
母なる大地は自然の墓場。
葬る墓《ほうむ》から自然が生まれる。
その胎内《たいない》から出た自然の子らが、
大地なる母の胸から乳を吸う。
どんなものにも立派な力があり、
しかも千差万別だ。
ああ、植物、薬草、鉱石と、
自然の力は偉大なり。

※1　直訳すれば「日の道とタイタンの燃える車輪から」。タイタンは、日の神ヘリオスの詩的名称。日の神は馬車を駆って天空を走ると信じられていた。
※2　一七四四年のトマス・ハンマーの校訂以降、ここより第二幕第三場とするのが慣例。
※3　この行からこの場面の終わりまですべて英雄詩体二行連句。

つまらぬものでもこの世にあれば、
この世に何か善をなす。
優れたものでも、道誤れば、
本性曲がって害をなす。
善いものも、間違って使えば悪となり、
悪いものも、正しく使えば善となる。

ロミオ〔背後に〕登場。

このか弱き花の蕾《つぼみ》には、
薬もあれば毒もある。
嗅《か》げば、香りは五体を満たすが、
舐《な》めれば、五感は萎《な》え、心臓は止まる。
相反する陰と陽。それは草のみならず
人にもある。よき心といやしき心だ。
悪いほうが強まれば、
死という毒虫で、花の命も枯れ果てる。

ロミオ　おはようございます、神父さま。

修道士　祝福あれ！
だれかな、気持ちよく挨拶《あいさつ》をする早起き者は？

若い者が早々に寝床に別れを告げるとは、
心に悩みがある証拠。
心配が寝ずの番をする場所は老人の目だ。
心配のあるベッドに、眠りは休まぬ。
だが、傷心なく悩みなき若者なら、
手足を横たえたとたん、黄金の眠りにつくものだ。
ゆえに、おまえがこうも早いのは、
悩み事に起こされたからであろう。
さもなくば、当ててやろう、
ロミオは一晩じゅう起きていたと。

ロミオ　起きていました。でも眠りより深い安らぎを得ました。

修道士　神よ、罪を赦《ゆる》したまえ。ロザラインと一緒だったな。

ロミオ　ロザラインとですって！　神父さま、違います。
そんな名前も、その名で苦しんだことも忘れました。

修道士　それはよかった。では、どこにいたのだ。

ロミオ　それを言いたかったのです。
実は敵の宴会に出てみたところ、
そこで突然、深手《ふかで》を負わされ、
相手にも傷を負わせたのです。二人を救うには、神父さまのお力添えと聖なる治療が必要です。
敵を憎んではいません。こうしてお願いするのは、
敵のためにもなるのです。

修道士　はっきり言いなさい。普通の言葉でありのままを。
謎めいた懺悔《ざんげ》では、謎めいた赦ししか与えられぬ。

ロミオ　では、はっきり言います。この心は、
キャピュレット家の美しい娘の虜《とりこ》となったのです。
そしてあの子の心はぼくの虜に。
すべては結びつき、あとは神父さまが聖なる結婚で
二人を結びつけるだけです。いつ、どこで、どうやって
ぼくらが出会い、愛をささやき、誓いを交わしたかは、
道々お話しします。でも、どうか、
今日ぼくらを結婚させてほしいのです。

修道士　なんだって、まあ、なんという心変わりだ！
あんなにも愛していたロザラインを
こうも早々《はやばや》と忘れたか。こうなると、若者の恋は、
心ではなく目に宿るのだな。
あきれたものだ！　ロザラインを思う涙で、
その青白い頬がどれほど濡《ぬ》れていたことか。

さんざん流した塩からい水も、愛の味付けには役立たず、
今ではその味もしないというのか。
おまえの溜《た》め息でできた雲を、太陽もまだ追い払ってはいない。
おまえのうめき声は、この老いた耳にまだ響いておる。
ほら、このおまえの頬に、まだその跡がある。
ぬぐいきれない涙の残りだ。
おまえが本当のおまえで、あの嘆きがおまえのものであったなら、
おまえもあの嘆きもみなロザラインのためであったはず。
それが変わってしまったのか。ならば、この諺《ことわざ》を唱えるがよい、
男心が揺らぐなら、弱き女を責められぬ、とな。

ロミオ　ロザラインを愛したことでお叱りになったじゃないですか。

修道士　我を忘れるなとは言った。愛するなと言ったのではない。

ロミオ　恋など葬り去れともおっしゃいました。

修道士　　　　　　　　　　　　　　　　その墓から別のを
掘り起こせとは言わなかった。

ロミオ　どうかお叱りにならないで。今度の恋人は、
情には情で、愛には愛で報いてくれます。
前の人とは違うのです。

修道士　　　　　　　　ああ、前の人はわかっていたのだ、

おまえの愛はアイ・ウエオの綴方《つづりかた》もわからぬ子供の遊びだったと。
だが、来なさい、この浮気者、来るがいい。
わしに考えがある。力を貸そう。
この縁組、うまくいけば、
家と家との恨みをまことの愛に変えうるかも知れぬ。

ロミオ　行きましょう。ぐずぐずしてはいられません。

修道士　慎重にゆっくりとだ。駆け出す者は転ぶもの。

退場。

ベンヴォーリオとマキューシオ登場。※

マキューシオ　ロミオの奴、どこ、いっちまったんだ。昨夜《ゆうべ》は帰って来なかったんだろ。

ベンヴォーリオ　親父さんの家にはな。召使の話では。

マキューシオ　まったく、あのつれない色白《いろじろ》のロザラインに、こうまで苦しめられるとは、今にあいつ、気が狂うぞ。

ベンヴォーリオ　キャピュレットの甥《おい》っ子ティボルトが、ロミオの親父のところへ手紙を送りつけたようだ。

マキューシオ　そりゃ絶対、挑戦状だな。

ベンヴォーリオ　ロミオは受けて立つな。

※　ハンマーの校訂以降、ここより第二幕第四場とするのが慣例。

マキューシオ　手紙を受け取るときは、だれだって立つもんだ。
ベンヴォーリオ　いや、封を切ったら、手紙を書いた奴も斬るってことさ。あとへはひかぬ男だ。
マキューシオ　哀れ、ロミオはもう死んでるよ。色白女の黒目に射貫《いぬ》かれ、恋歌《こいうた》に耳を貫かれ、盲目のキューピッドの矢で心臓のどまん中をぶち抜かれている。それで、ティボルトの相手がつとまるか。
ベンヴォーリオ　ティボルトが何だっていうんだ？
マキューシオ　昔話の猫の王さまティボルトどころの騒ぎじゃねえぞ。剣術の作法を心得た勇敢なる武将だ。楽譜どおりに歌うがごとく、拍子、間合い、リズムを守って剣を抜く。ワン、ツーと短く休んで、スリーで相手の胸を突く。相手の絹ボタンを切り落とすなんて芸当もお手の物。まさに剣士、あっぱれ剣士、超一流のお家柄、決闘するにも第一条、第二条と但し書きだ。ああ、必殺のお突きの一本、逆手《さかて》返し、そらッとくらァ！
ベンヴォーリオ　なんとくらァって？
マキューシオ　くそっくらァだ、舌っ足らずの物の言い方をするキザ野郎め。ああいう新しがり屋の口のきき方ときたら、「イエスさまにかけて、実によいお方、実に勇ましい御仁《ごじん》、実によろしい淫売女《いんばい》」てなもんだ！　え、嘆かわしいじゃござんせんか、じいさん、こんなわけのわからぬ蝿野郎にぶんぶんたかられるたァ。流行の服ばかり着やがって「パルドネ・モア」と抜かしやがる。新しい作法に夢中で、昔の椅子には腰を落ち着けられねえとさ、なにが「ボン！」だよ、ぼんくらめ！

ロミオ登場。

ベンヴォーリオ　ロミオだ、ロミオだ！

マキューシオ　はらわた抜かれて腑《ふぬ》抜けたロミオ、そのミを失い、ロオ人形。ああ、肉よ、肉棒よ、なぜにふにゃふにゃ魚肉と化した。さあ、奴※1はペトラルカばりの恋歌を歌いだすぜ。ペトラルカの恋人ラウラなんて目じゃねえな。いや、もっとも、歌作りにかけちゃ、ラウラのほうが腕利きの恋人がいたことにはなるが――カルタゴの女王ディドー※2なんか大道芸人、クレオパトラはガングロ姐《ねえ》ちゃん、美女のヘレネ※3もヘーロー※4もへんてこのバァローだァ。碧《あお》い目のティスベー※5もお呼びじゃないね。これはこれは、シニョール・ロミオ、ボンジュール。てめえのおフランス製のズボンにおフランス流のご挨拶を。昨夜《ゆうべ》はどうもごちそうさま。

ロミオ　おはよう。何か食わせたっけ？

マキューシオ　抜け駆けして俺たちに一杯食わせたろうが。

ロミオ　赦《ゆる》せ、マキューシオ、とても大事な用事があって、ああいった場合、礼儀を欠くのは仕方がないんだ。

マキューシオ　するとなにか、そういうご用事があると、使いすぎた腰が曲がらなくなるのか。

※1　十四世紀のイタリアの詩人ペトラルカは、恋人ラウラを讃《たた》えるソネットを書いた。

※2　トロイの勇士アイネイアースに恋し、捨てられて自殺したカルタゴの女王。シェイクスピアの英語では、ダイドーと発音される。

※3　トロイ戦争の原因となったほどの絶世の美女。英語名ヘレン。

※4　ギリシア神話の愛の女神アプロディーテーの神官。彼女の恋人レアンドロスは彼女に逢うために毎夜海峡を泳ぎ渡った。英語名ヒアロー。

※5　英語名シスビー。彼女がライオンに殺されたと誤解した愛人ピューラモスが自殺し、彼女も後追い自殺する。『夏の夜の夢』で演じられる悲劇のヒロイン。

ロミオ　お辞儀ができないと？
マキューシオ　どんぴしゃ、命中、一発やったろ。
ロミオ　ご丁寧な説明をありがとう。
マキューシオ　いや、俺は礼儀にかけちゃ、絶倫《ぜつりん》だからね。
ロミオ　本腰を入れて尽くす礼儀か。
マキューシオ　ああ。
ロミオ　退屈な洒落《しゃれ》は苦痛だな。この靴みたいに窮屈だ。
マキューシオ　うまいね。一丁、洒落合戦といこう。おまえの靴底が擦り切れるまでやれば、底がなくなっても残った洒落は底なしとくらァ。
ロミオ　そこそこの洒落で底なしとは、底抜けに粗忽《そこつ》だね。
マキューシオ　助けてくれよ、ベンヴォーリオ、俺の頭じゃ追いつかない。
ロミオ　とばしてやるから、ついてこい。でなきゃ、勝負あったと叫ぶぜ！
マキューシオ　いや、おまえの知恵がそんなに回るなら、俺は目が回る。俺は抜けたよ。おまえはそもそも間が抜けているけれど。
ロミオ　ぬけぬけと抜かしたじゃないか、脳みその抜け落ちた抜け殻の頭で。
マキューシオ　抜け殻頭でも、噛《か》みつくことはできる。
ロミオ　よせよ、間抜け、噛みつくな。
マキューシオ　おまえの知恵はきついな。ぴりりと辛いぜ。
ロミオ　俺にからむとは、おまえはまだ甘いぜ。

マキューシオ　おまえの頭はゴム製だ。わずかの知恵がびよんと伸びる。
ロミオ　おまえの知恵は乾いた雑巾《ぞうきん》、絞ったところで何も出ぬ。
マキューシオ　どうだ、恋にうめくより、こっちのほうがずっといいだろう。ようやくいつもの話せるロミオに戻ってくれたな。頭の冴《さ》えも機嫌のよさも、もとどおりのロミオ君だ。くだらねえ色恋沙汰《ざた》なんざ、大馬鹿野郎がぶらさげたてめえの竿《さお》をおったてて、穴につっこんで隠そうとするようなもんさ。
ベンヴォーリオ　そこでもうやめとけ。
マキューシオ　竿を出したのに、陰毛《いんもう》直前でやめろというのか。本望《ほんもう》じゃねえな。
ベンヴォーリオ　さもなきゃ話が落ちすぎる。
マキューシオ　わかってねえなァ。切り上げようってとこだったんだ。話も種切れ、赤玉が出て打ち止めだ。
ロミオ　おもしろいのが来たぞ。

乳母と召使〔ピーター〕登場。

船だ、船だ！

マキューシオ　二艘《そう》だ、二艘だ。シャツ号とシミーズ号だ。
乳母　ピーター。
ピーター　ただ今。
乳母　扇子を頂戴《ちょうだい》、ピーター。

マキューシオ　ピーター、きれいな扇子で見苦しい顔を隠して頂戴。
乳母　おはようございます、紳士方。
マキューシオ　おそようございます、奥方さま。
乳母　もう遅いですか。
マキューシオ　遅いですよ、日時計の淫《みだ》らな手が、正午におっ立つ棒をまさぐっているからね。
乳母　ま、ひどい。なんて人です。
ロミオ　これでも神がお造りになった人間ですが、われとわが身をぶち壊す人間です。
乳母　あらま、お上手ね、「われとわが身をぶち壊す」だなんて。あの、どなたか、お若いロミオさんがどちらにいらっしゃるか、ご存じの方はいらっしゃらないかしら？
ロミオ　ぼくが知っている。でも、お若いロミオさんと思って探しても、見つけたときはそれほど若くないかもしれないけれどね。その名前で一番若いのはぼくだ。あいにくもっとひどいのがいないのでね。
乳母　うまいことおっしゃる。
マキューシオ　え、ひどいのがうまいのか。こりゃうまい取りようだ。賢いね。
乳母　あなたがロミオさまなら、隠密にお話し申し上げたいことがございますの。
ベンヴォーリオ　ご夕食にご誘拐したい、とくるぞ。
マキューシオ　やり手婆あだ、やり手婆あだ、出たぞ！
ロミオ　何が出た？
マキューシオ　兎《うさぎ》だよ。かびた淫売肉を食わされたら詐欺だ、うっサギ、うさぎだ。

《マキューシオは乳母とピーターのまわりを歩きまわって歌う。》

淫売ババアのかびた肉、淫売ババアのかびた肉、とても食えないカビカビうさぎ
食えないうさぎでいっぱい食わす、淫売ばあさん、ばいばい、ばい。
ロミオ、親父さんのところへ行くか。俺たち、夕飯をご馳走《ちそう》になるぞ。

ロミオ　先に行っていてくれ。

マキューシオ　さらば、ばあさん、さらばァさん。おいさらばえたババアよ、さらばぁ。

マキューシオとベンヴォーリオ退場。

乳母　なんでしょう、まあ、下品なことばかり言うあの生意気な下々の人間は？

ロミオ　紳士ですよ。自分が話すのを聞くのが好きで、ひと月かかっても実行できないようなことを一分間でしゃべりたてようという男です。

乳母　私のことをとやかく言おうものなら、あれがもっと強かろうと、二十人力だろうと、叩《たた》きのめして差し上げますのに。私の手に負えなくても、だれかにやらせます。いやらしいったらない！　私はあれの淫売じゃございませんし、あれのダチ公でもございません。（従者ピーターを振り返って）そんでおまえは突っ立って、あたしを悪党の嬲《なぶ》り者にさせとくのかい！

ピーター　嬲り者なんかになってらっしゃいませんでしたよ。そんなことになったら、おいらだって、自分の逸物をしまっちゃあいませんよ。ほんと。抜くとなったら、だれよりも早いですからね。もう、あっという間。真っ当な喧嘩《けんか》で、法律もこっちの味方なら。

乳母　本当にもう悔しくって、体じゅうが震えるよ。いやらしいったらありゃしない。ちょい

と、あなた、一言――いえね、うちのお嬢さまがあなたを捜し出すようにお申し付けになりましてね。お伝えするようにおっしゃったことはこの胸にしまっておきますが、まず教えてくださいな。もしあなたがお嬢さまを、俗に言う、阿呆《あほう》の楽園に連れて行こうなんておつもりなら、それこそ、いわゆる不届き千万《せんばん》というものです。宅のお嬢さまはまだお若い。ですから、下心がおありなら、ほんに、どこのお嬢さま相手でもいけないこと、さもしいなされようでございます。

ロミオ　どうかご主人のお嬢さまに伝えてくれ。ぼくは誓って――。

乳母　あらまあ、それじゃそのようにお伝えいたします。よかったわァ、お喜びになります。

ロミオ　なんて伝えるんだ。まだ聞いてないだろう。

乳母　ですから、お誓いになったとお伝えしますんで、ほんに紳士らしいなさりよう。

ロミオ　今日の午後、なんとかして懺悔《ざんげ》に出るように言ってくれ。ロレンス神父の庵《いおり》で、懺悔を済ませて結婚だ。さ、これはお礼だ。

乳母　いけません、受け取れません。

ロミオ　いいから、とっておいてくれ。

乳母　今日の午後でございますね。はい、きっと行かせます。

ロミオ　それから、ばあやは修道院の塀の陰で待っていてくれ。一時間以内に、そこへ召使を差し向け、縄梯子《なわばしご》に仕立てた縄を持たせる。

それで今晩、ひそかに、ぼくは幸せのマストの天辺《てっぺん》までのぼるんだ。さようなら、しっかり頼むぞ。礼ははずむ。さようなら、お嬢さまによろしく伝えてくれ。

乳母　天の神さまの祝福がありますよう。あの、ちょっと。

ロミオ　なんだい、ばあや。

乳母　召使は秘密を守れますか。ほら、よく言いますでしょう、内緒話は二人きり、三人目からは内緒にならぬって。

ロミオ　大丈夫、絶対の信頼がおける男だ。

乳母　そうですか、お嬢さまはそりゃあもう、かわいらしい方でしてね！　いや、驚きますよ。こんなちっちゃなおしゃべりさんのときに——あッ、そう、この街にパリスさまとおっしゃる貴族の方がいらしてね、お嬢さまをものにしようとなさっているんですが、お嬢さまときたら、まあかわいらしくって、その方と逢《あ》うくらいなら、蟇蛙《ひきがえる》、そう、蟇蛙と逢ったほうがましだなんておっしゃいましてね。パリスさまのほうがいい男よなんてちょいと申し上げると、お嬢さまったら、そりゃ、おかんむりで。でも大丈夫、そんなことを申し上げると、お嬢さまはまるでシーツみたいに真っ白に血の気を失いますから。ロミオっていうのはローズマリーと同じ頭文字ですね。

ロミオ　そうだよ、ばあや、それがどうした。どちらもRで始まる。

乳母　あら、いやだ！　それじゃ犬のうなり声みたい。Rで始まるのは——いえ、あれは別の文字[※1]。いえね、お嬢さまは、あなたとローズマリーをあわせてなんだかとってもすてきな箴言《しんごん》[※2]をお作りになってらっしゃいましたから、聞かせてもらうとようござんすよ。

ロミオ　よろしく伝えてくれ。〔ロミオ退場〕

乳母　そりゃもう。――ピーター！

ピーター　ただ今。

乳母　前をお歩き。　退場。

ジュリエット登場[※3]。

ジュリエット　ばあやを出したのは、時計が九時を打ったとき。
三十分で戻ると約束してくれたのに。
ひょっとして会えなかったのかしら。そんなはずはない。
ああ、足が悪いんだわ、ばあやは！　恋の使いに出すのなら、
暗い山のかなたに影を追い散らす日光より十倍速く駆け巡る
この胸の思いでなくちゃだめ。
だから、愛の女神の馬車は、身軽な鳩が牽《ひ》いている。
だから、風のように速いキューピッドには翼があるんだわ。
もう太陽は、一日の旅路の一番高い山に

※1　ここで乳母が言いかけてやめたのはarse（尻）だろうというP・ウィリアムズ・ジュニアの一九五〇年の説が広く支持されている。
※2　箴言（しんげん）の言い間違い。原文ではsentences（箴言、警句）のつもりでsententiousと言っている。
※3　ハンマーの校訂以降、ここより第二幕第五場とするのが慣例。

さしかかり、九時から十二時まで
三時間もたつというのに、ばあやはまだ戻らない。
ばあやにも愛があり、若く燃える血が流れていたら、
ボールのようにすばやくはずむでしょうに。
私の言葉があの人のもとにばあやを打ち込み、
あの人もすぐ叩き返す。
でも年寄りは、死んでいるのと同じこと、
青い顔して、本当に、ぐずぐず、のろのろ遅いこと！

乳母〔とピーター〕登場。

ああ、帰ってきた。大好きなばあや、どうだった？
あの方とお会いできた？　召使はさがらせて。

乳母　ピーター、門のところで待っておいで。

〔ピーター退場〕

ジュリエット　ね、愛《いと》しいばあや——あら、どうしてそんな暗い顔？
たとえ暗い知らせでも、明るく陽気に伝えてね。
もしもよい知らせなら、そんなしかめっ面で言われると、
甘い調べもだいなしよ。

乳母　疲れているんですよ、ちょっと待ってください。
ああ、骨が痛い。そりゃもう、あちこち駆けずり回ったんですから。

ジュリエット　私の骨をあげるから、知らせを聞かせて頂戴《ちょうだい》。ね、さあ、お願い、話して、やさしい、やさしいばあや、話して。
乳母　なんです、そんなにせかして！　少しぐらい待てないんですか。息が切れているのがおわかりになりませんか。
ジュリエット　息が切れているなんて言うくらい息があるのに息が切れてるはずないでしょ。こんなに遅れて言い訳しようとしたりして、言い訳のほうが肝心の話より長いじゃない。いい話？　悪い話？　どっちなの。どっちか言って。そしたら細かいことは後回しでいいから。さ、言って。いいの？　悪いの？
乳母　まあ、馬鹿な選択をしたもんですよ。男の見分け方もご存じないんだから。ロミオですって？　だめ、だめ、あんなの。そりゃ、顔はだれよりもハンサムですよ。でも、足ときたら、どんな男よりも恰好《かっこう》いい。手も、足も、体も、どうってこともないですが、だれよりもすてき。礼節の鑑《かがみ》とは言いませんが、羊のようにやさしいお方。さ、お嬢さま、お祈りをなさい。もう食事はお済みですか。
ジュリエット　まだよ、まだ、でも、そんなことみんな、わかってる。結婚のことは何ですって？　どんなお返事？
乳母　あらやだ、頭が痛い！　頭痛がひどいわ。

ずきんずきんと割れそうだ。
こっち側の背中も――ああ、背中、背中が！
お嬢さまが、あちこち走らせたりするもんだから、
死んでしまいそうですよ。
ジュリエット　本当に、痛くなって、申し訳ないと思うわ。
大好きな、大好きな、大好きなばあや、教えて、あの方はなんて？
乳母　あの方がおっしゃったのは、正直な紳士らしく、
礼儀正しく、親切で、ハンサムで、
しかもご立派な方で――お母さまはどちら？
ジュリエット　お母さまはどちらって、もう、家《いえ》の中よ。
家に決まってるでしょ。なんて変な答え方をするの。
「あの方がおっしゃったのは、正直な紳士らしく、
『お母さまはどちら』」ですって！
乳母　　　　　　　　　　　おやおや、お嬢さま、
そんなに熱をあげて。なんてことです。
骨折りのお薬がこれですか。
これからはお使いはご自分でなさるんですね。
ジュリエット　もういい加減にして！　ね、なんて言ったの、ロミオは？
乳母　今日、懺悔《ざんげ》に出るお許しはもらいましたか。

ジュリエット　ええ。
乳母　じゃあ、ロレンスさまのところにお行きなさい。
そこでお嬢さまを奥さまになさる旦那《だんな》さまがお待ちです。
ほうら、いたずらな血の気がほっぺに上がってきた。
何を聞いてもすぐ真っ赤におなりですね。
さ、教会へお行きなさい。あたしは別のところから
縄梯子《なわばしご》を取ってきて、お嬢さまのいい人が
暗くなったらすぐ小鳥の巣に登って来るようにします。
お嬢さまのお慶《よろこ》びのためにあたしは汗かき骨折り役。
でもお嬢さまも夜には、汗かき、お悦《よろこ》び。
お行きなさい。あたしはお食事に。さ、神父さまのところへ。
ジュリエット　すてきな運命へ！　じゃあね、ばあや。

退場。

ロレンス修道士とロミオ登場。※

修道士　この聖なる儀式に天の照覧あれ。
のちに悲しみを降《くだ》してお叱りくださりませぬよう。
ロミオ　アーメン、アーメン、でもどんな悲しみが来ようとも、
あの人と互いに見つめあう

※　ハンマーの校訂以降、ここより第二幕第六場とするのが慣例。

喜びの一瞬には代えがたい。
どうか二人の手を聖なる言葉で結んでください。
そうすれば、愛をむさぼる死神が何をしようとかまわない。
あの人をぼくのものと呼べさえすれば満足です。

修道士　そのような激しい喜びは、激しい終わり方をする。
触れたとたん爆発する火と火薬のように、絶頂の口づけをするや
たちまち空《くう》に消えてしまう。甘すぎる蜂蜜《はちみつ》は
その甘さゆえにいとわしく、
味わえば、食欲も失《う》せるもの。
ゆえに節度を持って愛すのだ。それが永き愛の道。
急ぎすぎるのは、のろい歩みと変わらない。

《ジュリエットが足早に登場、ロミオに抱きつく。》

おお、来たな。あの軽やかな足取りでは
堅い石畳は一向にすり減るまい。
恋する者は、蜘蛛《くも》の糸にまたがり、
浮気な夏の空気に戯れ、しかも
落ちることがない。さほどに軽き、浮世の快楽。

ジュリエット　ご機嫌よろしゅうございます、神父さま。

修道士　そのお返しは、ロミオの口から、二人分。〔ロミオはジュリエットにキスをする〕
ジュリエット　では私からもそれだけ。でないとお返しのほうが多すぎます。
〔ジュリエットはロミオにキスをする〕
ロミオ　ああ、ジュリエット、君の喜びが
ぼくのと同じように大きくて、
ぼくより上手にそれを言い表わせるなら、
その息であたりの空気をかぐわしくしておくれ。
甘い音色のその声で、このうれしい出逢《であ》いの
夢のような幸せを歌い上げておくれ。
ジュリエット　うれしい思いは、言葉で表わされるよりも
豊かに満ちあふれ、飾り立てるには及びません。
自分の価値を数えられるのは貧しい人。
私のまことの愛は、あまりにも大きくなってしまって、
その豊かさの半分も数え上げることはできません。
修道士　さあ、ついて来なさい。すぐに済ませることにしよう。
二人きりにはしておけぬのだ。
聖なる教会が二人を一つに結ぶまでは。
退場。

マキューシオ、ベンヴォーリオ、その従者ら登場。※

ベンヴォーリオ　なあ、マキューシオ、帰ろうぜ。日差しは暑いし、キャピュレットの奴らもうろついている。鉢合わせすりゃ、どうしたって喧嘩《けんか》になる。こうも暑いと、頭に血がのぼるからな。

マキューシオ　おまえは、まるで、酒場の敷居をまたぐなり、「こいつに用はねえ」と剣をテーブルに叩《たた》きつけながら、二杯目の酔いがまわるころには、用もねえのにウエーターめがけて斬りつけるような奴だろう。

ベンヴォーリオ　俺がそんな奴かよ。

マキューシオ　ほおら、イタリア一かっかときてる男だよ、おまえは。ほんのちょっとしたことでかっとなりやがる。かっとしてるから、すぐその気になる。

ベンヴォーリオ　何にだ。

マキューシオ　何人だって、おまえみたいなのが二人もいてみろ、お互い殺しあって一人もいなくならァ。おまえときたら、自分よりも相手の鬚《ひげ》が濃いとか薄いとかで喧嘩をふっかけるだろ。だれかがヘーゼルナッツ食ってたら、おまえの目の色がヘーゼルナッ

※　一七〇九年のニコラス・ロウの校訂以降、ここより第三幕第一場とするのが慣例。

ツの色だっていうそれだけの理由でいちゃもんつけるんだ。だいたいそんな目をしてなけりゃ、目の色変えて喧嘩の種を見つけやしねえ。その頭には卵の中味よろしくぎっしり喧嘩が詰まっているが、喧嘩でぶち割られて、卵みてえにどろどろだ。おまえ、通りで咳《せき》をしただけの奴に喧嘩を売ったじゃねえか。日向ぼっこしていたおまえの犬が起きちまったって。いつぞやは、復活祭になってもいないのに新しい上着なんか着やがってと仕立て屋相手に喧嘩しなかったか。それから、新品の靴に古いリボンなんかつけるなとまた喧嘩だったろ？　そのおまえが、俺に喧嘩をするなと説教垂れるのか！

ベンヴォーリオ　俺がおまえみたいに喧嘩っぱやけりゃ、俺の命を買おうという奴がいても、一時間と十五分ぶんの値しかつかないな。

マキューシオ　値しかつかない？　愚にもつかねえよ。

ティボルト、ペトルーキオ、その他登場。

ベンヴォーリオ　おっ、キャピュレットの連中だ。

マキューシオ　へっ、それがどうした。

ティボルト　〔手下たちに〕ついて来い。あいつらに声をかける。――これは、ごきげんよう。ちょっと一言、どちらかと話がしたい。

マキューシオ　どちらかと一言だけか。ちょいと色つけて、がつんと一発、大事《おおごと》にしたらどうだ。

ティボルト　喜んでお相手しよう、きっかけをくれるならば。

マキューシオ　くれるなんて言ってねえで、自分で作ったらどうだ。
ティボルト　マキューシオ、貴様、ロミオと調子を合わせ――。
マキューシオ　調子を合わせる？　なんだよ、俺たちゃ調子を合わせる楽隊かよ。俺たちを楽隊よばわりしやがるなら、調子っぱずれの音を聞かせてやる。さあ、こいつが俺のヴァイオリンの弓だ。〔剣を抜く〕こいつでおまえを踊らせてやる。ざけんなよ、お調子者だと！
ベンヴォーリオ　ここは人通りがある。どこか静かなところへ場所を移すか、さもなければ、互いの言い分を冷静に話し合おう。それが無理なら別れよう。ここは人目がうるさい。
マキューシオ　人の目は見るためにあるんだ、見させておけ。だれがなんと言おうと、一歩もひかねえぞ、俺は。

ロミオ登場。

ティボルト　おっと、ひっこんでろ。俺の相手が来た。
マキューシオ　アイテって、まだ痛い目にもあわせてねえのにアイテってことはねえだろう。もっとも、果し合いになりゃ、貴様はやられるから、貴様は、なるほど、ロミオがくりゃ、アイテだ。
ティボルト　ロミオ、貴様に精一杯の愛情を注いでもこうとしか呼べぬ――おまえは悪党だ。

ロミオ　ティボルト、君を愛さなければならないわけがあるので、
本当ならカッとくるそんな挨拶《あいさつ》も聞き流そう。
ぼくは悪党じゃない。
だから、これで別れよう。君はまだぼくという人間を知らないのだ。
ティボルト　小僧、そんなことで、おまえが俺に加えた
侮辱の言い訳にはならん。だから、こっちを向いて、抜け。
ロミオ　君を侮辱した覚えはない。
それどころか、君が思いもよらないほど、君を大事に思っている。
その理由はやがてわかる。だから、
キャピュレット――その名も自分の名前のように
大切なんだ――こらえてくれ。
マキューシオ　ああ、みっともねえ、面目丸つぶれだ！
はやりの剣術が、勝ちを収めるってか！
ティボルト、この猫野郎め、顔を貸しやがれ。
ティボルト　俺に何の用だ。
マキューシオ　猫の王さまティボちゃんよ、てめえの九つの命※のう
ち、一つを頂戴《ちょうだい》しようってぇのさ。ついでにちょいと欲を出し、
てめえの出方次第では、残りの八つも頂きだ。その剣を鞘《さや》からつ
まみだしてみな。さっさと抜け。でねえと、この剣がてめえの耳

※　猫には九つの命が
あると言われていた。

をつまんでみじん切りにするぞ。

ティボルト　相手になってやる。　〔剣を抜く〕

ロミオ　マキューシオ、剣を収めろ。

マキューシオ　来い、てめえのお突きとやらを見せてもらおう。　〔二人は戦う〕

ロミオ　抜け、ベンヴォーリオ、こいつらの剣を叩き落とせ。

君たち、恥を知れ、喧嘩はやめるんだ。

ティボルト、マキューシオ！　ヴェローナの街で

喧嘩はならぬと、大公がはっきりおっしゃったじゃないか。

やめろ、ティボルト！　なあ、マキューシオ！

《ティボルトは、ロミオの腕の下からマキューシオを刺し、逃げる。》

マキューシオ　　　　　　　　　　やられた。

どっちの家もくたばっちまえ。俺はおしまいだ。

奴は逃げたのか、傷も負わずに？

ベンヴォーリオ　　　　　え、やられたのか。

マキューシオ　なあに、かすり傷、かすり傷だ。が、充分だ。

俺の小僧は？　おい、馬鹿、医者を呼んで来い。　〔小僧退場〕

ロミオ　しっかりしろ、傷は浅い。

マキューシオ　ああ、井戸ほど深かァねえし、教会の門ほど広かァねえが、充分だ。効き目は

充分！　明日《あした》俺を訪ねてみろ、この俺は何もかもぶちこわして破壊し、墓石になっている。だめだ、この世とおさらばだ。どっちの家もくたばっちまえ。畜生、犬っころ、どぶねずみに家ねずみ。あの猫野郎、人間さまをひっかいて殺しやがった。ほら吹きの悪党の馬鹿野郎、ワン、ツー、スリーと算数よろしくの剣術だ――なんだって、おまえ、割って入った？　おまえの腕の下からやられたんだぞ。

ロミオ　君のためにと思ったんだ。

マキューシオ　どっかの家ん中へ連れてってくれ、ベンヴォーリオ、気を失いそうだ。どっちの家もくたばっちまえ。この俺さまを蛆虫《うじむし》の餌食にしやがった。やられたよ、ぐさりとな。どっちの家も！

〔マキューシオとベンヴォーリオ〕退場。

ロミオ　俺の親友、しかも大公の身内でもある男が、俺のために致命傷を負った。傷ついた俺の名誉を守ろうとしてくれたのだ。ティボルトの侮辱を赦《ゆる》さず――つい一時間前に親戚《しんせき》となったばかりのティボルトなのに！ああ、ジュリエット、君の美しさが俺を女々しくし、俺の勇気の鋼《はがね》を柔《やわ》にした。

ベンヴォーリオ登場。

ベンヴォーリオ　ああ、ロミオ、ロミオ、マキューシオは死んだ。
あの男っぷりのいい魂は今や雲の上だ。
はやばやと、この世に見切りをつけたのだ。
ロミオ　今日の暗い運命はこの先ずっと垂れ込める。
これは手始め。続く災いが、この決着をつけてくれよう。

《ティボルト登場。》

ベンヴォーリオ　戻ってきたぞ、ティボルトが息巻いて。
ロミオ　勝ち誇っていやがる、マキューシオが死んだというのに。
寛容の心など、この大地を去るがいい。
これからは、燃える目をした怒りの女神のみに従うぞ！
さあ、ティボルト、「悪党」という言葉を返してやる。
さっきおまえから受け取ったからな。マキューシオの魂は、
まだ俺たちのすぐ上にいる。
おまえの魂が道連れになるのを待っているのだ。
道連れになるのは、おまえか、俺か、それとも二人ともか。
ティボルト　この洟《はな》垂れ小僧、この世で奴とつるんでいたんだ、
あの世までも一緒に行きやがれ。
ロミオ　　　　　　　　　　それはこの剣が決めてくれる。

二人は戦い、ティボルトが倒れる。

ベンヴォーリオ　ロミオ、逃げろ、行くんだ！
町じゅうが騒ぎ出した。ティボルトは死んだ！
何をぼうっとしている。捕まったら、
死刑だぞ。行け、逃げるんだ！

ロミオ　ああ、俺は運命に弄《もてあそ》ばれる愚か者だ。

ベンヴォーリオ　何をぐずぐずしている。

ロミオ退場。

市民たち登場。

市民　マキューシオを殺した奴はどっちへ逃げた？
人殺しのティボルトは、どっちへ逃げた？

ベンヴォーリオ　ティボルトなら、ここに倒れている。

市民　立て。来てもらおう。
大公の名において命じる、来るんだ。

大公、老モンタギュー、キャピュレット、その妻たち、一族登場。

大公　この騒ぎを起こした不届き者はどこだ。

ベンヴォーリオ　気高い大公さま、この血腥《ちなまぐさ》い喧嘩の
不幸な経緯《いきさつ》、すべてお話しいたします。
ここにその張本人が、ロミオに殺され、倒れております。
大公さまのご親戚の立派なマキューシオを殺した張本人です。
キャピュレットの妻　ティボルトが、お兄さまの子が！
ああ、大公さま、ああ、あなた、ああ、大切な
身内の血が流されました。大公さま、公正なお裁きを！
われらの血の代償に、モンタギューの血を流してください。
ああ、ティボルト！
大公　ベンヴォーリオ、この血みどろの諍《いさか》いを始めたのはだれだ。
ベンヴォーリオ　ここに死んでいるティボルトです。ロミオの手に
かかりました。喧嘩がいかにつまらぬものか考えるようにと
ロミオは丁寧に言いきかせ、大公さまのお怒りを招くものと
説得しました。終始一貫、穏やかな物言い、
落ち着いた顔つきで、膝《ひざ》を折って頼んだのですが、
ティボルトの抑えがたい癇癪《かんしゃく》と和平を結ぶことはできませんでした。
聞く耳持たぬこの男、鋭い鋼を
マキューシオの胸に突きつけたのです。
負けじと頭に血がのぼったマキューシオは、切っ先を合わせ、

なにを小癪《こしやく》なとばかり、片手で冷たい死の刃《やいば》を
払いのけ、片手でティボルトに斬りつけました。
敵もさるもの、それを返す。
そのときロミオが大音声──
「やめろ、君たち！　引き分けろ！」、言うが早いか
素早い腕で、二人の剣を払いつつ、その腕の下から、
中に割って飛び込む、ティボルトの恨みの一撃、勇ましいマキューシオの
命を突きました。ティボルトは逃げましたが、
程なくして戻ってきたとき、
ついに復讐《ふくしゆう》に燃えたロミオが、電光石火
斬りかかり、私が割って入るいとまもあらばこそ、
さすがのティボルトも倒されて、
ロミオは踵《きびす》を返して逃げたのです。これが事の真相。
相違あらば、このベンヴォーリオ、命を差し出す所存です。

キャピュレットの妻　あれは、モンタギューの家の者。
贔屓《ひいき》に走って嘘八百を並べています。
この騒動で剣を抜いたは二十人。
二十人がかりで一人を殺したのです。

大公さま、どうか、正義の鉄槌《てっつい》を。ティボルトを殺したからには、ロミオも生かしておけません。

大公　ロミオがこの男を殺し、この男がマキューシオを殺した。では、だれが、マキューシオの大切な血をあがなうのだ。

モンタギュー　ロミオではありません。ロミオはマキューシオの親友です。ロミオの罪は、法律が奪うべきティボルトの命に自ら決着をつけたまで。

大公　そして、その罪ゆえに、ロミオを即刻、追放に処する。
おまえたちの憎しみ合いは私をも巻き込んだ。あさましい騒動のためにわが身内の血が流されたのだからな。だが、おまえたちには、厳罰をもって臨《のぞ》み、わが一族の血を流したことを悔いてもらおう。
懇願や言い訳には耳を貸さぬ。どんなに泣いて祈っても、罪は消えぬ。それゆえ黙っているがよい。ロミオを直ちに追放せよ、もしまた姿を見せれば、その命はない。さあ、この遺体を運び出し、わが命令に従うのだ。人殺しを赦《ゆる》すなら、その慈悲は人を殺すも同然だ。

退場。

ジュリエット、独り登場。※1

ジュリエット　速く走って、炎の脚持つ馬たちよ、
日の神ヘリオス※2をすぐにお宿にお連れして！　その御者が、
神の子パエトーン※3だったなら、西へ激しく鞭《むち》を当て、
たちまち真っ暗な夜にしてくれるだろうに。
愛を営む夜の闇よ、その厚い帳《とばり》を広げておくれ、
キューピッドがウインクしたら、だれにも知られず、見られずに、
ロミオがこの腕に飛び込めるように。
恋する者に光はいらない。互いの美しさが相《あい》照らし、
愛の儀式を行える。それに、恋が盲目なら、
なおさら夜こそふさわしい。さあ、おいで、厳かな夜、
かしこまって黒い礼服に身を包んだ奥さま、
教えて頂戴、穢《けが》れない二つの操をかけたこの勝負、
どうしたら失うことで勝利できるのかを。
この頬に羽ばたく血潮は男を知らぬ野生の鷹《たか》、
夜の黒いマントをかぶせて落ち着かせておくれ、
初心《うぶ》な恋が大胆にも、愛の営みを慎みとさえ思うまで。

※1　ロウの校訂以降、ここより第三幕第二場とするのが慣例。

※2　原文にはポイボス（英語発音はフィーバス）という、アポロンの別名が用いられている。アポロンと太陽神ヘリオスは同一視されることがある。「炎の脚持つ馬たち」は、太陽神の車（すなわち太陽）を牽《ひ》く馬たちを指す。

※3　太陽神ヘリオスの息子パエトーンは、父の車（太陽）を御することを求め、許されたが、馬を制する力がなく、天の道を外れ、車もろとも地に落ちて大地を焼き払いそうになったため、ゼウスによってエーリダノス河に撃ち落とされた。

早く来て、夜よ。来て、ロミオ、夜を照らす太陽、
だって、夜の翼にまたがるあなたは、
黒い鴉《からす》の上に降り積む初雪よりも白いもの。
来て、やさしい夜。来て、すてきな黒い夜、
私のロミオをよこして。私が死んだら、
ロミオをあげる。ばらばらにして、小さな星にするといい。
そしたら夜空はきれいになって、
だれもが夜に恋してしまい、
ぎらつく太陽を崇《あが》めることなどやめるだろう。
ああ、愛の館《やかた》を買ったのに、
自分のものにはなっていない。この身を売ったのに、
まだ味わってもらっていない。太陽はなんてのろいのかしら。
お祭りの前の晩、新しい服を買ってもらって
まだ着てはだめと言われている子供みたいに
待ちきれない思い。ああ、ばあやだわ、

　乳母が縄梯子《なわばしご》を持って登場。※

知らせをもってきてくれたのね。ロミオの名前を
告げてくれるなら、それは天使の鈴の声。

※　第一・四折本《クオート》のト書きでは、「乳母が縄梯子を膝の前に下げ、手を絞りながら登場」となっている。「手を絞る」のは、悲しみの表現。

ね、ばあや、何の知らせ？　それはなあに？
ロミオが持ってくるように言った縄梯子？

乳母　ええ、ええ、縄梯子です。

ジュリエット　ねえ、何の知らせなの？　どうしてそんなに手をもみしごくの？

乳母　ああ、悲しい、死んだ、死んだ、死んでしまった！
もうおしまいです、お嬢さま、おしまいです。
なんてことでしょう、逝ってしまった殺された死んでしまった。

ジュリエット　まさか、ひどいわ神さま、あんまりよ。

乳母　ひどいのはロミオ。
神さまじゃありません。ああ、ロミオ、ロミオ、
だれが思ってもみただろう、ロミオが！

ジュリエット　おまえは悪魔なの、こんなに私を苦しめて。
そんな拷問の言葉は、地獄へ行ってわめくがいい。
ロミオが自殺したの？　「はい」と言うなら、
その「はい」という音には、ひとにらみで
人を殺すという怪物コカトリスよりもひどい毒がある。
もしも「はい」なら、私はおしまい。
あの人の目が閉じたなら、この目もあけまい。
殺されたのなら「はい」と、でなければ「いいえ」と言って。

その短い言葉、「はい」か「いいえ」で決まるのよ、愛の行方が。

乳母　傷をこの目で見たんですよ。
――なんとむごたらしい！――男らしいお胸のこのあたりに。
痛々しい、ほんに痛々しいお姿になって。
土色に青ざめ、すっかり血みどろで、
血糊《ちのり》が固まって。一目見て気が遠くなりました。

ジュリエット　ああ、張り裂けてしまえ、この胸よ、今すぐに。
牢屋へお入り、目よ、自由を見てはならない。
いやしい土くれのこの身※は土に還《かえ》って、動かなくなれ。
ロミオと一緒に、重い棺《ひつぎ》に納まるがいい！

乳母　ああ、ティボルト、ティボルト、あんなにいい方が。
ああ、立派なティボルト、誠実な紳士。
ああ、生き長らえてあなたの死に目にあおうとは。

ジュリエット　風向きが変わったわ、この嵐、どうなっているの？
ロミオが殺されて、ティボルトが死んだの？
愛《いと》しいいとこと、さらに愛しい夫が？
ならば、恐ろしいラッパよ、この世の終わりを告げるがいい。
あの二人が死んだら、生きている甲斐《かい》などありはしない。

乳母　ティボルトは死に、ロミオは追放です。

※　人は「土より生まれ土に還る」（『創世記』三・十九）という発想に基づき、肉体は土だという考えは当時支配的だった。第二幕の冒頭でロミオも自分の肉体を「土くれ」と呼ぶ。

ティボルトを殺したロミオは追放になったのです。

ジュリエット　なんですって！　ロミオがティボルトの血を流したの？

乳母　そうです、そうです、なんてこと、そうなんです。

ジュリエット　ああ、花咲くお顔に隠れていた、毒蛇の心！
あんなに美しい洞穴《ほらあな》に竜が棲《す》んでいたなんて。
美しい暴君、天使のような悪魔、
鳩の羽持つ鴉《からす》、狼のように貪《むさぼ》る羊！
見かけは最高に神々しく、その実体はおぞましい！
外見と内実は正反対！
呪われた聖人、徳高い悪党！
ああ、地獄は一体どうなるだろう、
この世の楽園のようなあのすてきな肉体に
悪魔の魂が宿るなら？
そんなにおぞましい内容の本が、
あんなに美しく装丁されていたなんて。あんな
華やかな宮殿にまやかしが潜《ひそ》んでいたなんて。

乳母　殿方は当てにはなりません、
信念も、誠実さもありゃしない。どいつもこいつも嘘をつき、
誓いを破り、よからぬことをする詐欺師です。

ああ、ピーターはどこ？　お酒をもってきて。
こんなに悲しくて、つらく、嘆かわしいと、老けこみます。
ロミオは恥を知るがいい。

ジュリエット　そんなことを言う舌は
ただれるがいい。あの人は恥とは無縁よ。
あのお顔には、恥のほうが恥じて寄りつかない。
そこは全世界の唯一の王者として、
名誉が王冠を戴《いただ》く王座ですもの。
ああ、あの人を悪く言ったりして、私は人でなしだわ。

乳母　いとこを殺した男をよく言うんですか。

ジュリエット　夫である人のことを悪く言えますか。
ああ、かわいそうなあなた、この三時間あなたの妻である私が
傷つけてしまったお名前をだれの舌が守ってくれるでしょう。
でも、ひどい人、どうしてティボルトを殺したりしたの？
ひどいティボルトが私の夫を殺そうとしたのね。
戻りなさい、愚かな涙、もとの泉に戻りなさい。
おまえの雫《しずく》は悲しみに捧《ささ》げるもの、
それをまちがえて喜びに捧げたりして。
夫は生きている。ティボルトに殺されなかった。

そして、夫を殺そうとしたティボルトが死んだ。
これはよいことだわ。どうして泣くことがある？
あの言葉のせいだ――。ティボルトの死よりひどい言葉。
それが私を殺したの。忘れたいけれど、
でも、ああ、しっかり憶《おぼ》えている。
呪われた罪の行いが罪びとの心から消えないように――。
ティボルトは死に、ロミオは――追放。
「追放」、そのたった一言「追放」という言葉が
一万回もティボルトを殺す。ティボルトが死んだ、
それだけでも充分悲しいのに。
不機嫌な悲しみが道連れを求め、
別の悲しみを連れてくるというのなら、
どうして、「ティボルトは死んだ」に続くのが、
「お父さまが」とか「お母さまが」とか「両親が」とかじゃないの？
それなら世間にはよくある嘆きの種。
なのに、「ティボルトは死んだ」のあとから追いかけてくるのは
「ロミオは追放」。その一言で、
父も、母も、ティボルトも、ロミオも、ジュリエットも
みんな殺される。みんな死ぬ。ロミオは追放――。

その言葉がもたらす死には、終わりがない、果てがない、際限がない、切りがない。そんな悲しみは言葉では表わせない。
――お父さまとお母さまはどこ、ばあや？

乳母　ティボルトの亡骸《なきがら》に泣きすがっていらっしゃいます。そちらへいらっしゃいますか。お連れしましょう。

ジュリエット　あの人の傷を涙で洗っているの？　私の涙は、お二人の涙が涸《か》れたとき、ロミオの追放のために流しましょう。その縄梯子をとって。哀れなロープ。騙《だま》されたのね。おまえも私も。だって、ロミオは追放。おまえが私のベッドへの通い道となったはずなのに。でも私は、処女のまま、処女の寡婦《やもめ》として死ぬの。おいで、縄梯子、おいで、ばあや。私は新床《にいどこ》へ。ロミオではなくて死神に処女を捧げるわ！

乳母　お部屋でお待ちなさい。ロミオを見つけてきて差し上げます。どこにいるかはわかっているんです。大丈夫、ロミオは今晩ここに来ます。来るように、伝えてきます。ロレンスさまのところに隠れていらっしゃるから。

ジュリエット　ああ、私の恋人を見つけて、この指輪を渡して。そして伝えて、最後の別れを告げにきてと。

退場。

修道士ロレンスとロミオ登場。※

修道士　ロミオ、出て来い、出て来い、びくびくするな。
苦悩がおまえの器量にほれ込んで、
おまえは災いと結婚したのだ。

ロミオ　〔前へ出て〕神父さま、知らせはありましたか。大公のお達しは？
このうえどんな新たな悲しみが
私に会いたがっているのですか。

修道士　　おまえは、
そういう不快な連中と親しくしすぎる。
大公さまのお達しを知らせてやろう。

ロミオ　そのお達しは死刑以下ではないでしょう。

修道士　大公さまのお口より漏《も》れたは、もっと寛大なお裁きだ。
死刑ではない。追放だ。

ロミオ　え！　追放！　哀れと思うなら、「死刑」と言ってください。
追放は死刑よりもずっと恐ろしい顔つきをしている。
どうか「追放」などと言わないでください。

修道士　このヴェローナから追放となったのだ。

※　ロウの校訂以降、ここより第三幕第三場とするのが慣例。

我慢しろ。世界は広く、果てしない。

ロミオ　ヴェローナの町を離れて世界はありません。外は煉獄《れんごく》、拷問、地獄そのものです。「追放」というのはこの世界からの追放、この世界、この世からの追放が死刑です。だから、「追放」は死刑の言い間違い。死刑を「追放」と呼んで、この首を美しい金の斧《おの》で斬り落とし、私を倒す一撃に笑っていらっしゃるんだ。

修道士　恐ろしい罪だぞ。なんという恩知らずな。おまえの罪は死罪に匹敵するのに、寛大な大公さまはおまえの美徳を考慮し、法律を枉《ま》げて「死刑」というおぞましい言葉を追放に変えられたのだ。これが大いなるお慈悲であるのがわからんのか。

ロミオ　拷問です、お慈悲ではありません。天国とはここ、ジュリエットがいるところです。犬猫や鼠《ねずみ》のようなつまらぬものさえ、この天国にいて、ジュリエットを見ることができるというのに、それがロミオには許されない。ロミオよりは死肉にたかる蠅のほうがまし、羨《うらや》ましいご身分、雅《みやび》なものだ。
ジュリエットの白い手に止まり、永遠の祝福を
あの唇から盗むことだってできるのだから。
純朴な処女の慎《つつし》みゆえ、互いに触れ合うのも罪と感じ、
いつも赤くなっているあの二つの唇から。
ところが、ロミオにはできない。追放だ。
蠅にできても、生え抜きのヴェローナっ子の私には
できない。蠅は自由だが、私は追放。
それでもまだ追放は死刑ではないと言うのですか。
調合した毒とか、鋭く研《と》いだナイフとか、
すぐに死ねるものは何かないのですか、「追放」なんて
いやらしいもので私を殺すなんて。追放ですって？
ああ、神父さま、それは呪われた者が地獄で使う言葉。
うめき声が滲《にじ》んでいる。あなたには心がおありなのですか、
神に仕え、懺悔《ざんげ》を聴き、罪を赦《ゆる》し、
私の友人でいてくださるあなたが、
「追放」なんて言葉で私を滅多切りにするなんて。

修道士　愚かな狂人よ、私の言うことも少しは聞け。

ロミオ　また追放とおっしゃるのでしょう。

修道士　その言葉をはねつける鎧《よろい》をやろう。
逆境の甘いミルク、哲学だ。
追放になっても慰《なぐさ》められる。

ロミオ　ほらまた「追放」だ。哲学なんかまっぴらです。
哲学でジュリエットが作れますか。
街をつぶし、大公の宣告をひっくり返せますか。
無理です、できません。もう黙っていてください。

修道士　なるほど、狂人は聞く耳を持たぬか。

ロミオ　賢者に見る目がないのだから仕方ありません。

修道士　おまえの立場を話し合おう。

ロミオ　ご自分で感じてもいないものをどうして話せるのです。
私と同じぐらい若くて、ジュリエットを愛していて、
結婚してたった一時間でティボルトを殺してしまい、
私みたいに恋におぼれ、私みたいに追放されたのなら、
それなら話してください、それなら今の私みたいに
髪の毛をかきむしって地面に倒れこむでしょう。
まだできていない墓の大きさを計るために。

乳母が〔舞台袖《そで》に〕登場して、戸を叩《たた》く。

修道士　立て。だれか来た。ロミオ、隠れなさい。

ロミオ　いやです。つらい溜《た》め息が霞《かすみ》となって私を追っ手の目から隠してくれない限り。

戸を叩く音。

修道士　ほら、あんなに戸を叩いて――どなたかな？――立て。捕《つか》まるぞ――少々お待ちを――立ちなさい。

大きく戸を叩く音。

書斎に走れ――今参ります――おい、なんて愚かなざまだ――はい、はい。

戸を叩く音。

そんなに慌《あわただ》しく、どなたかな。どちらから？　何の御用でしょう？

乳母登場。

乳母　入れてくだされば、ご用向きをお話しいたします。ジュリエットさまからのお使いです。

修道士　それならばどうぞ。

乳母　ああ、神父さま、教えてくださいませ、
お嬢さまの旦那《だんな》さま、ロミオさまはどちらでしょう。
修道士　そこだ。自分の涙に酔い痴《し》れて倒れておる。
乳母　まあ、お嬢さまのご様子とそっくり。
ほんにそっくり。嘆きかたまで心が通じて、
ほんにかわいそうなこと。お嬢さまもそんなふうに突っ伏《ぷ》して
嘆いては泣き、泣いては嘆いておいでです。
立ちなさい、立ちなさい、立つんですよ、男なら。
ジュリエットさまのために、お嬢さまのために、立ちなさい。
どうしてそんなに深い嘆きの穴※にはまってしまったのです。

《ロミオは起き上がる。》

ロミオ　ばあや。
乳母　ほら、ほら、何もかも終わるのは死ぬときですよ。
ロミオ　ジュリエットのことを言っていたね。どうしている？
ぼくのことをひどい人殺しと思っているだろうか、
生まれたばかりのぼくらの喜びを
あの人の身内の血で穢《けが》してしまったのだから。
どこにいる？　どうしている？　密《ひそ》かに契《ちぎ》ったぼくの妻は、

※　乳母は無意識のうちに「穴」(an O)や「立つ」(stand)など性的意味がある言葉を用いていると指摘される。それゆえ「穴」と訳したが、このOは「嘆き」を意味する名詞であるとレヴェンソン(オックスフォード版)は注釈する。

ちぎれてしまった愛のことをどう言っている？
乳母　何も言わず、ただ泣きに泣くだけ。
ベッドに突っ伏しては、また立ち上がり、
ティボルトと呼び、ロミオと叫び、
また突っ伏してしまうのです。
ロミオ　　その名前は
恐ろしい銃から発射されたかのように
あの人を殺すんだね。その名前の呪われた手が
身内を殺したのだもの。ああ、神父さま、教えてください、
この忌まわしい体のどこに
その名前がついているのでしょう。教えてくれれば、
そのいやな住処《すみか》を引き裂いてやる。
《ロミオは自分を刺そうとし、乳母がその短剣を奪う。》
修道士　　その手を控えろ。
それでも男か。外見は男でも、
その涙は女々しいぞ。その狂った振る舞いは、
理性のない獣《けだもの》の怒りを示すものだ。
見かけは男でも、中味は女の腐ったのだ！

いや、男でも女でもない、あさましい獣だ！
呆《あき》れたものだ。正直言って、おまえは
もっとしっかりした性格かと思っていた。
ティボルトを殺したから、自分も殺すのか。
それで、その身憎さに、
おまえを命と頼るおまえの恋人を殺すのか。
どうして自分の生まれを呪い、天と地を呪う？
生まれも天も地も、おまえのなかで
一つになっているのだ。それを一度になくそうというのか。
いかん、いかん、おまえはその容姿を、愛を、知恵を辱《はずかし》めておる。
どれにもゆたかに恵まれているのに、高利貸しのように
正しい用い方をせぬ。正しく使えば、
その容姿も、愛も、知恵も、輝くものを。
男としての勇気を失っては、
その立派な容姿も蠟《ろう》細工にすぎぬ。
愛を誓いながら、むなしく裏切るのか、
大切にすると誓った愛を殺すのか、
容姿と愛とを飾るべき知恵が、
その二つを誤り導くとは、

未熟な兵士が筒にしまった火薬も同然だ。
自分の無知ゆえに火をつけてしまい、
身を守るはずの武器で自分を木っ端微塵《こばみじん》にしてしまう。
さあ、男なら立ち上がれ。おまえのジュリエットは生きている。
その人のためなら、死んでもよいと思っていた人がだ。
その点、おまえは幸せだ。ティボルトはおまえを殺そうとしたが、
おまえがティボルトを倒した。それもまた幸せ。
死を宣告すべき法律もおまえの味方となり、
追放に変わった。それもまた幸せ。
多くの幸せがおまえの上に降っている。
幸福が最高の衣《ころも》をまとっておまえにかしずいているのだ。
それを、おまえは、ふくれっ面のわがまま娘のように、
運命にも愛にも口をとがらせる。
気をつけろ、気をつけろ、そういう手合いはろくな死に方をせん。
さあ、計画通りに、おまえの愛《いと》しい人のもとへ行き、
その部屋に忍び込め。行け、ジュリエットをなぐさめてやれ。
だが、夜警の見回りの前には戻って来い。
さもなくば、マントヴァへ出られなくなる。
あの町に身をひそめていろ。頃合《ころあい》を見計らって

二人の結婚を公《おおやけ》にし、両家の仲をとりなし、
大公の赦《ゆる》しを求め、おまえを呼び戻してやる。
嘆きながら出て行ったときよりも
喜びは二百万倍になろう。
先に行ってやれ、ばあや。ジュリエットによろしく。
それと、家の者を早めに休ませるように言ってくれ。
悲しみに沈んだ者には似つかわしいことだ。
ロミオはすぐ行く。

乳母　ほんに、よいお説教を聴いて一晩中ここに
いたいくらいです。まあ、なんて学のあること。
ロミオさま、いらっしゃることをお嬢さまにお伝えしますよ。

ロミオ　そうしてくれ。愛しい人のお叱りを受けにいくと伝えてくれ。

《乳母は行きかけて、振り返る。》

乳母　ああ、これ、お嬢さまからお渡しするように託《ことづか》った指輪です。
お急ぎくださいよ、夜もずいぶん更《ふ》けました。

乳母退場。

ロミオ　〔指輪を見ながら〕これのおかげで元気が出てきた。

修道士　行け、さらばだ。おまえの身の振り方としては、

夜警が出回る前にこの町を去るか、
夜明けとともに変装して立ち去るかだ。
マントヴァにいなさい。いずれ、
使いをする者を見つけ、おまえに時折、
ここで起こるよい出来事を伝えさせよう。
握手だ。もう遅い。さらばだ。おやすみ。

ロミオ　最高の喜びに呼ばれて行ってまいります。でなければ、
このせわしない別れ、果てしない悲しみとなりましょう。
さようなら。

退場。

老キャピュレット、その妻、パリス登場。※

キャピュレット　こんな不幸があったために、娘を説得する
暇も何もなかったのです。
なにしろ、あれはいとこのティボルトが大好きでしたから。
わしもですが。まあ、人はだれしも死ぬものですがね。
さ、夜も更けた。今晩、娘は降りて来《こ》んでしょう。
あなたがおいでにならなければ、
わしも一時間前には休んでいたところです。

※　ロウの校訂以降、ここより第三幕第四場とするのが慣例。

パリス　ご愁傷《しゅうしょう》の折に結婚の話でもありますまい。
失礼します、奥さま。お嬢さまによろしくお伝えください。
キャピュレット夫人　はい。明日の早朝、娘の気持ちを確かめます。
今晩は、悲しみの殻に閉じこもっておりますので。

《パリスが行こうとするのをキャピュレットが呼び戻す。》

キャピュレット　パリス殿、娘の愛はあえてわしから
差し上げよう。あの子はわしの言うことを
どんなことでも聞く。いや、絶対大丈夫。
〔夫人に〕おまえ、休む前に娘のところへ行って、
わが婿パリスのお気持ちを知らせておきなさい。
そして、こう言うのだ——よいか——今度の水曜、
待てよ——今日は何曜日だ？
パリス　月曜日です。
キャピュレット　月曜か！　ハッ、ハッ！　じゃ、水曜じゃ早すぎる。
木曜にしよう。木曜に、
こちらの立派な伯爵さまのもとに嫁ぐのだと伝えなさい。
あなたのほうもよろしいですか？　急ぎだが構いませんな？
あまり大騒ぎをせんで——友だちを一人か二人呼ぶ程度で。

なにしろ、ほら、ティボルトが殺されたばかりなので、
あれを大事に思っていなかったと言われても困る。
いとこですからな、あまり盛大にやるわけにはいきません。
だから、お客は六人程度。
そこまでです。だが、木曜日でよろしいかな。
パリス　はい、その木曜が明日であってほしいぐらいです。
キャピュレット　では、ごきげんよう。木曜日ということで。
〔夫人に〕おまえ、休む前にジュリエットのところへ行って、
婚礼の準備をさせなさい。
さようなら、パリス殿。——わしの部屋に明かりを、さあ！
〔パリス退場〕
いやはや、あまりに遅くなってしまって
そろそろ夜も明けそうだ。おやすみ。
退場。
ロミオとジュリエットが窓辺に登場。※
ジュリエット　もう行ってしまうの？　まだ夜は明けていないわ。
あなたのおびえた耳に響いたのは、
あれはナイチンゲール。ひばりじゃない。

※　ロウの校訂以降、ここより第三幕第五場とするのが慣例。

夜な夜な向こうの柘榴《ざくろ》の木で歌うの。
本当よ、あれはナイチンゲール。
ロミオ　ひばりだった。朝を告げる鳥だ。
ナイチンゲールじゃない。ほら、あの東のほう、
ちりぢりの雲をつなぎ合わせるのは嫉妬《しっと》深い光の筋。
夜空にまたたく灯火《ともしび》は燃え尽き、陽気な朝日が
靄《もや》のかかる山の頂《いただき》から爪先立って顔をのぞかせている。
行かなければ。とどまれば死ぬだけだ。
ジュリエット　あの光は朝日じゃない。わかっている、そう、
あれは、太陽が吐き出した彗星《すいせい》よ。
今晩あなたが行くマントヴァまでの道を
照らし出してくれる導きの光。
だから、ここに居て。まだ行かないで。
ロミオ　捕まってもいい、死んでもいい、
それで満足だ、君がそう願うなら。
あの薄明かりは、朝の目ではない。
月の女神シンシアの青白い顔の照り返しだ。
頭上高く空いっぱいに鳴り響いたあの調べも
ひばりの声ではない。

ぼくだって行きたくない。とどまっていたい。
来るがいい、死よ、ジュリエットがそう望むのだ。
どうしたんだい？　話をしよう。まだ朝じゃない。
ジュリエット　朝よ、朝。行って、さあ、行って。
あんなに調子がはずれた声で歌うのはひばり。
耳障《みみざわ》りな音を出し、いやな金切り声を出したりして。
ひばりはすてきな歌を歌うというけれど、
あれは違う。私たちを引き裂くのだもの。
ひばりはいやらしい蟇蛙《ひきがえる》と目を交換したともいうけれど、
声も変えてくれればよかった。
その声で脅《おど》して私たちの腕を引き離し、
朝をせき立てる歌であなたを追い出すのだもの。
さあ、行って、どんどん明るくなってきたわ。
ロミオ　明るくなればなるほど、ぼくらの心は暗くなる。

乳母が《急いで》登場。

乳母　お嬢さま。
ジュリエット　ばあや？
乳母　お母さまがこちらへいらっしゃいます。

夜が明けました。気をつけて。用心してください。

ジュリエット　では、窓よ、朝を入れて、私の命を送り出して。

ロミオ　さようなら、さようなら、もう一度キスを、降りる前に。

〔退場〕

《ロミオは降りる。》

ジュリエット　行ってしまうのね。愛しい人、あなた、そう、私の夫。

手紙を書いてね、毎日、一時間ごとに。

だって、一分が何日にも思えるから。

ああ、そうやって数えたら、私のロミオに

また逢《あ》うまで、すっかり歳をとっちゃうわね。

ロミオ　さようなら。

どんな機会も逃さずに、

愛しい人、君に便りをするよ。

ジュリエット　また逢えるかしら?

ロミオ　もちろんさ。そしてそのときには、

今の苦しみも、楽しい話の種になる。

ジュリエット　ああ、神さま、いやな胸騒ぎがする!

なんだか、そんなに下にいるあなたの姿が、

墓の底で死んでいる人に見える。

私の目のせい？　それとも、あなたが青ざめているから？

ロミオ　ぼくの目にも、君が同じように見える。
飢えた悲しみがぼくらの血を飲み干したんだ。さよなら、さよなら。

退場。

ジュリエット　ああ、運命よ、運命よ、運命の女神よ！　人はおまえを浮気と呼ぶけれど、
浮気なら、誠実さで知られているあの方に
何のかかわりがある？　浮気でいいわ、運命よ、
そしたら、おまえはあの人に飽きて、
また返してくれるでしょう。

母親〔下の舞台に〕登場。

夫人　ねえ、おまえ、起きているの？

ジュリエット　だれかしら。お母さまだわ。
こんなに遅く、お休みにならなかったのかしら、それとも早起き？
何があったんだろう、こんな時間に？〔ジュリエットは窓辺から部屋の中へ入る〕

夫人　どうしたの、ジュリエット？〔ジュリエット、下の舞台に登場〕

ジュリエット　お母さま、気分が悪くて。

夫人　いとこの死をいつまでも嘆いているのね。
え、涙であの子を墓から洗い出そうとでもいうつもり？

たとえ墓から出しても、あの子が生き返りはしない。
だから、もうおやめ。悲しみは愛の深さを示すけれど、
悲しみすぎるのは、知恵の浅さを示すもの。

ジュリエット　でも、つらいんですもの、泣かせてください。

夫人　そうしてつらい思いをして泣いても
帰らぬ人には手が届かないのよ。

ジュリエット　　　　　　　　　こうしてつらい思いがつのるから、
別れた人のことを泣かずにはいられないのです。

夫人　では、おまえが泣くのは、あの子の死ではなく、
あの子を殺した悪党が生きているからね。

ジュリエット　悪党ってだれ、お母さま？

夫人　　　　　　　　　　　　　あの悪党、ロミオよ。

ジュリエット　〔傍白〕悪党とあの人には天と地ほどの差があるわ――
あの人に神のお赦《ゆる》しがありますよう。私は心から赦しています。
でも、あの人ほど私の心を悲しませる人はいない。

夫人　それはつまり、裏切りの人殺しが生きているからね？

ジュリエット　ええ、お母さま、この手の届かぬところにいるからです。
いとこの仇《かたき》をとるのはこの私だけであってほしい。

夫人　大丈夫、思い知らせてやりますよ。

だからもう泣くのはおよし。あの追放されたならず者がいる
マントヴァへ人をやって、
だれも口にしたことのない飲み物を与え、
すぐにもティボルトのところへ送り込んでやりましょう。
そうしたらおまえの気も晴れるでしょう。

ジュリエット　いえ、気が晴れることなどありません、
ロミオの顔を見るまでは――その死に顔を。
この哀れな心は、身内の悲しみでいっぱいだもの。
お母さま、だれかに毒を持たせるなら、
その調合は私に任せて。
ロミオがそれを受け取ったらすぐに
安らかな眠りにつけるようにしてやります。ああ、あの人の
名前を耳にしながら、そのもとへ駆けつけることもできず、
いとこに抱いていた愛のすべてを、
いとこを殺した人の体にぶちまけられないなんて。

母親　おまえが毒を用意するなら、私が使いを
手配しましょう。でもね、おまえ、いい知らせがあるのよ。

ジュリエット　いい知らせを今ほど聞きたいときはないです。
どんなお知らせ、お母さま？

母親　いえね、お父さまは本当に気のつくお方で、
おまえの暗い気分を吹き飛ばそうと、
突然の喜びの日をお決めになったの。
おまえには思いもよらないことだけれど、私もびっくりよ。

ジュリエット　お母さま、なんて幸せなことでしょう。何の日ですか。

母親　それがね、おまえ、こんどの木曜日の朝早く、
ご立派で、お若くて、気高い紳士でいらっしゃる
パリス伯爵が、聖ペテロの教会で、ありがたいことに
おまえを幸せな花嫁にしてくださろうというのよ。

ジュリエット　聖ペテロ教会と聖ペテロさまにかけて、
私はあの方の幸せな花嫁にはなりません。
こんなに急な話ったらないわ、夫になる方が
まだ求愛にもいらしていないというのに結婚だなんて。
お母さま、どうか、お父さまにお伝えください。
私はまだ結婚できません。それに結婚するときは、誓って、
パリスさまではなく、大嫌いな
ロミオにします。確かに思いもよりませんでした。

母親　お父さまがお見えです。自分でおっしゃい。
おまえからそんなことを言われたら、どんなお気持ちになることか。

キャピュレットと乳母登場。

キャピュレット　日が沈むと大地は露《つゆ》でそぼ濡《ぬ》れるものだが、
兄上の息子が没すると、どしゃぶりになるな。
どうした、噴水に変身か？　え、まだ泣いておるのか？
いつまでも降りやまんな？　その小さな体に
舟も海も風もあるらしい。
海のようなその目には、
涙が寄せては引いてゆく。小舟のようなその体は
あふれる塩水に浮かんで揺れている。その溜《た》め息は風となり、
涙の波に荒れ狂い、風に吹かれて波が散る。
すぐにも凪《なぎ》がこなければ、その体、
嵐にのまれてこなごなだ。〔夫人に〕どうした、おまえ、
わしらの取り決めをこの子に話したかね。
夫人　ええ、でも、ありがたいけれど、いやなのですって。
馬鹿な子。お墓とでも結婚すればいいんだわ。
キャピュレット　え？　なんだって、なんだって、おまえ。
どういうことだ？　いやだと？　ありがたいとは思わんのか？

誇らしいとは思わんのか。このふつつか者を
あんなに立派な紳士の花嫁にしてやろうと
みなが骨を折っているというのに、身の幸せとは思わんのか？

ジュリエット　誇らしいとは思いませんが、ありがたいとは思います。
いやなものを誇らしくは思えませんが、
いやなものでも、せっかくのご好意、ありがたいと思います。

キャピュレット　何だ、何だ、何だ、屁理屈《へりくつ》か、どういうことだ。
「誇らしく」「ありがたい」が、「感謝はしない」、
「誇らしくはない」だと、この小賢しい小娘が！
わしに向かって、ありがたいだの誇らしいだの生意気な口をきくな。
黙って、そのきれいな手足の手入れでもしておくんだな。
今度の木曜日、パリス伯爵と聖ペテロ教会へ行くのだ。
いやなら、罪人引き回しの戸板に乗せてでも引っ張っていく。
この青白い貧血娘め！　ろくでなし！
白い顔しやがって、このごくつぶし！

夫人　まあ、あなた、何もそんなに。

《ジュリエットは跪《ひざまず》く。》

ジュリエット　お父さま、膝《ひざ》をついてお願いします。

どうか一言だけお聞きください。

父親　この親不孝者が、逆らいおって！
いいか――木曜には教会に行くのだ。
さもないと、二度とわしの顔を見てはならぬ。
何も言うな、黙っていろ、言い返すな。
手がむずむずする。〔夫人に〕なあ、この子のほかに
子宝に恵まれず残念と思っていたが、
一人で充分だということがわかった。
こんな子を持ったとは情けない。
ええい、この蓮《はす》っ葉《ぱ》め！

乳母　まあ、おかわいそうに。
いけませんよ、旦那さま、そんなにお叱りになっちゃ。

父親　なにを、偉そうに。黙っていなさい、
わけ知り顔に！　おしゃべりはよそでするがいい。

乳母　旦那さまにさからってはおりません。

父親　もうよい、さがれ！

乳母　口をきいてはなりませんか。

父親　うるさいぞ、つべこべ言うな！
おまえの忠告は、おしゃべり仲間に聞かせるがいい。

ここでは無用だ。

妻　あまり興奮なさらずに。

父親　これが怒らずにいられるか！　毎日毎晩、
働いていても、休んでいても、友といても、独りのときも、
いつもこの子の結婚のことを心配してきたのだ。そしてようやく
立派な家柄の、すばらしい領地を持った、
若くて由緒正しい紳士を、
非の打ち所がないと皆が言う紳士、
男ならこうありたいと思うような男を与えてやると、
めそめそと泣き虫の阿呆《あほう》がぐずりおって、
運命の贈物を前にして、
「結婚しません、愛せません、
若すぎます、お許しを」だと！
ようし、結婚しないというなら、許しもしよう！
どこへでも勝手に行くがいい。この家にはおかん。
よいか、よおく考えろ。冗談ではないぞ。
木曜はすぐだ。胸に手をおいて考えろ。
おまえがわしの娘だと言うなら、わしの言うとおりに嫁に行け。
わしの娘でないのなら、勘当だ。首をくくろうが、乞食をしようが、

飢えようが、野垂れ死にしようが勝手にしろ。
財産も何一つおまえの手には触れさせない。
真剣に考えろ。一度言ったことは取り消さん。

退場。

ジュリエット　雲の上には、私の悲しみの底を見通す
哀れみはないのかしら？
ああ、やさしいお母さま、私を見捨てないで。
この結婚をひと月、一週間でもいいから延期して。
それができなければ、せめて私の新床《にいどこ》は、
ティボルトの横たわる暗いお墓の中にして。

母親　私に言わないで。私は何も言いません。
困った子だね、好きになさい。

退場。

ジュリエット　ああ、神さま、ああ、ばあや、どうしたらいい？
私の夫はこの世にあり、私の誓いは天にある。
その誓いを天から取り戻すことなどできやしない。
夫が死んで天に昇り、それを
送り返してくれない限り。ね、慰めて、知恵を貸して。
ああ、ひどいわ、私みたいなか弱い者を

神さまが罠《わな》におはめになるなんて。
ねえ、どう思う？　一言も慰めてくれないの？
何か言ってよ、ねえ、ばあや。

乳母　つまり、こういうことです。
ロミオは追放ですから、どうあっても、
戻ってきてお嬢さまを取り戻すことはできません。
できたとしても、こっそり隠れてのことです。
となれば、こういうことになった以上、
伯爵とご結婚なさるのがよいでしょう。
そりゃ、すてきな紳士ですもの！
ロミオなんか雑巾《ぞうきん》ですよ。お嬢さま、
鷲《わし》だってパリス伯爵ほど、青く、鋭く、
美しい目をしてはいませんよ。ほんにまあ、
この二度目のご縁組で、お幸せになれますよ。
最初のよりずっといい。そうじゃなくても、
最初の人はお亡くなり、いえ、ここにいられないんじゃ
お亡くなりも同然ですから、お嬢さまとは縁がなかったんですよ。

ジュリエット　心からそう言っているの？

乳母　ええ、魂から、でなけりゃ地獄落ちになります。

ジュリエット　そうなりますよう。
乳母　え？
ジュリエット　ううん、おかげですっかり元気になったわ。
奥へ行って、お母さまにお伝えして。私は、
お父さまのご機嫌を損ねたことを反省し、お赦《ゆる》しを得るため、
ロレンス神父さまのところに懺悔《ざんげ》をしに行きましたと。
乳母　はい、はい、それがなによりですよ。　〔退場〕

《ジュリエットは乳母を見送る。》

ジュリエット　老いぼれの罰当たり！　恐ろしい悪魔だわ、
あんなふうに私に誓いを破らせようとするなんて！
ひどい罪じゃない？　私の夫をあんなふうにこきおろすなんて、
比べるものがないほどだと何千回も褒《ほ》めちぎったばかりなのに！
消えてしまえ。頼りにしていたのに。
おまえとこの胸はもう赤の他人。
私は神父さまのところへ行ってみよう。救いの道を教わりに。
万策尽きても死ぬ力はあるわ、それですべてはおわりに。

退場。

修道士とパリス伯爵登場。※

修道士　木曜ですか。それはまた急な。

パリス　わが父となるキャピュレットの意向なのです。

私も、急いでは困る理由もないものですから。

修道士　お嬢さんのお心はまだわからぬとおっしゃいましたな。

話の進め方が妙です。いけませんな。

パリス　ティボルトの死を嘆いてばかりいるので、

愛を語らうことができなかったのです。

涙の家では愛の女神ヴィーナスも微笑《ほほえ》みません。

そこで、お父上は、お嬢さんがそれほどまでに

悲しみに身を任せるのは危険だとお考えになり、

結婚を早めれば、涙の洪水も

抑えられるだろうとご判断なさったのです。

独りで思いつめていないで、

二人になれば涙も枯れようとのお考えです。

これで急な話のわけもおわかり頂けたと思います。

修道士　〔傍白〕延期せねばならぬわけもわかっておる。

ほら、御覧なさい、お嬢さんがいらした。

※　ロウの校訂以降、ここより第四幕第一場とするのが慣例。

ジュリエット登場。

パリス　これはよいところへ、愛しい妻。

ジュリエット　きっとそうも呼ばれましょう、私が人の妻ならば。

パリス　その「きっと」が、今度の木曜日には、「必ず」になります。

ジュリエット　必ずなるのでしたら、なるでしょう。

修道士　　名言だ。

パリス　こちらの神父さまへ懺悔をなさりにいらしたのですか？

ジュリエット　それにお答えすれば、あなたに懺悔することになります。

パリス　あの方に隠さずおっしゃってください、私を愛していることを。

ジュリエット　あなたにはっきり申しましょう、私が愛するのはあの方と。

パリス　それは、つまり、私を愛しているということですね。

ジュリエット　もしそうだとすれば、面と向かってではなく
陰で申し上げたほうが、値打ちがありましょう。

パリス　かわいそうに、お顔が涙で汚《よご》れて。

ジュリエット　涙はそんなことで勝ち誇れません。
涙で汚れる前から、ひどい顔でしたもの。

パリス　そんなことをおっしゃるのは、涙よりひどい仕打ちです。

ジュリエット　本当のことですから悪口ではありません。

それに自分の顔に面と向かって言うことですもの。
パリス その顔は私のもの。だからひどいのです。
ジュリエット そうかもしれません、私のものではありませんから。
神父さま、今お時間おありでしょうか？
それとも、夕方のごミサのときに出直しましょうか？
修道士 悩めるわが子よ、ちょうど今、手がすいている。
殿下、二人きりで失礼させていただきますよ。
パリス 信仰の邪魔になるようなことはいたしません。
ジュリエット、木曜の朝早く、起こしに行きます。
それまでは、さようなら、このキスを受け取ってください。

退場。

ジュリエット ああ、戸を閉めて。それが済んだら、
私と泣いてください。もう希望もない、救いもない、どうしようもない！
修道士 おお、ジュリエット、その悲しみのわけは知っている。
私もすっかり思案に暮れているのだ。
今度の木曜にあの伯爵と結婚、
それを引き延ばすこともできないのだな。
ジュリエット 言わないで、神父さま。その話をするなら、
それを止める方法を教えてください。

神父さまのお知恵でもどうすることもできないなら、
この短剣で直ちに片をつけようという
私の決意を賢いと言ってください。
二人の心は神さまが、二人の手は神父さまが結んでくださった。
ロミオの手に神父さまが封印してくださったこの手が
別の結婚の証文となるくらいなら、
あるいはこのまことの心が裏切りに染まり、
別の人になびくくらいなら、〔短剣を出して〕これで手も心も殺します。
ですから、神父さまの長年の経験から、
今すぐ何かお知恵をください。さもないと、ほら、
この恐ろしい短剣が、私と苦悩とのあいだの
最後の仲裁役となり、そのお歳や学問を
もってしても解決できない難問に
見事に決着をつけることになります。
黙ってないで、何か言って！　死んでしまいたいの、私、
お言葉に、救いがないのなら。
修道士　待て、娘、ほんの一縷《いちる》の望みが、ある。
実行するには絶望的な決意がいるぞ。
避けようとしている事態が絶望的なだけに。

もしパリス伯爵と結婚するくらいなら、
自害しようという意志の強さがあるのなら、
死にも等しい行為をやってのけ、
この恥辱を追い払うことができよう。
死から逃れるために死に迫るのだ。
その覚悟があるなら、救いの道を教えよう。

ジュリエット　ああ、パリスと結婚しろというのでなければ、
お命じください、高い塔の上からでも飛び降りてみせます。
追いはぎの出る道を歩き、毒蛇の潜むところに身を隠しましょう。
うなる熊と鎖でつないでくださってもかまいません。
夜な夜な納骨堂に閉じ込められ、死人のカタカタ鳴る骨、
悪臭を放つ脛《すね》の骨、顎《あご》のない黄ばんだ髑髏《どくろ》の山に
この身をうずめるほうがまだましです。
できたばかりのお墓に入り、
死人《しびと》と一つ経帷子《きようかたびら》をまとうなど、
聞くだけで身震いがしそうなことをみな、
こわがりもせず躊躇《ちゆうちよ》もせずにやってみせましょう、
いとしい人の妻として清らに生きていけるなら。

修道士　まあ落ち着け。家に戻り、陽気に振る舞い、

パリスとの結婚を承諾しなさい。明日は水曜、
明日の晩は一人で寝るのだ。
ばあやを一緒の部屋で寝かせたりしてはならぬ。
この小瓶《こびん》をお持ち。そしてベッドに入ったら、
この蒸留液を飲み干しなさい。
すると直ちに体のすみずみまで
冷たい眠気が走り、
脈はその自然の流れを止め、
体温も呼吸もなくなり、生きているとは見えなくなる。
唇や頬の赤味は衰えて、くすんだ灰色となり、
死が命の光を締め出すように、
目の窓もぴたりと閉じられる。
体じゅうのしなやかな動きがなくなり、
死んだように冷たく硬直する。
こうして萎《な》えしぼんだ仮の死の姿を借りて、
過ごすこと、四十二時間。それから
心地よい眠りから起きるように目が覚めるのだ。
つまり、花婿がおまえを寝床から起こそうと
やってくる朝には、おまえは死んでいるというわけだ。

されば、この国のしきたりどおり、おまえは晴れ着を着せられ、顔も覆《おお》わず棺《ひつぎ》に入れられて、キャピュレット家が代々眠る古い納骨堂へ運ばれることになる。
一方、おまえが目を覚ます前に、わしらの計画をロミオに手紙で知らせて、こちらへ呼び寄せ、わしと一緒におまえが目覚めるのを見守ってもらう。まさにその晩、ロミオはおまえをマントヴァへ連れ出すのだ。こうすれば、このたびの恥辱からも逃れられよう。くだらぬ移り気や、女々しい気後れから、やりとげる勇気を失うことがなければな。

ジュリエット　ください、ください、その薬！　気後れなんかするもんですか。

修道士　落ち着け。さ、行きなさい。覚悟を決め、やりとげるんだぞ。わしは、使いの修道僧に、急ぎマントヴァのロミオのもとに手紙を届けさせる。

ジュリエット　愛が私に力をくださいますよう。力が何よりの助け。さようなら、神父さま。

退場。

〔父親キャピュレット、母親、乳母、二、三人の召使。※1

キャピュレット　ここに書いた方々をお招きしろ。〔召使退場〕

〔別の召使に〕おい、腕利きの料理人を二十人雇ってこい。

召使　下手な料理人は一人も連れてきません。自分の指をなめられるか確かめますから。

キャピュレット　え？　そんなことで確かめられるのか？

召使　はい、自分の指をなめられないのは下手な料理人※2と申しますから、自分の指をなめられない者は連れてきません。

キャピュレット　行け、うせろ。《召使退場》

かなり準備が遅れているな。

おい、娘はロレンス神父のところへ行ったのか。

乳母　はい、さようで。

キャピュレット　ふむ、説教をきけば、少しは効き目があるかも知れない。

生意気で頑固なわがまま娘だからな。

ジュリエット登場。

乳母　おや、懺悔《ざんげ》から明るい顔でお戻りです。

※1　ロウの校訂以降、ここより第四幕第二場とするのが慣例。

※2　あまりにまずくて味見もできないということ。

キャピュレット　どうした、強情っぱり、どこをぶらついていた？

ジュリエット　お父さまとそのお言いつけに
従わなかった罪を悔い、お父さまの
お赦《ゆる》しを得るよう、こうしてひれ伏すように、
ロレンス神父さまより申しつかりました。
どうかお赦しください。これからは
お父さまの言うとおりにいたします。

《ジュリエットは跪《ひざまず》く。》

キャピュレット　伯爵を呼びにやれ。こう伝えるのだ。
明日の朝にも、この縁結びをいたしたいとな。

ジュリエット　伯爵さまにはロレンス神父さまのところでお会いし、
乙女にふさわしい愛の気持ちを、
慎《つつし》みをこえずにお伝えいたしました。

キャピュレット　それはよかった。気に入った。立ちなさい。
こうでなくちゃいかん。伯爵とお会いすることにしよう。
ああ、おい、おまえ、行って、お連れしてきてくれ。
いやはやまったく、神父さまとはたいしたものだ。
町じゅうの恩人だな。

ジュリエット　ばあや、私と一緒にお部屋にきて、明日着るのにふさわしい衣装を選ぶのを手伝っておくれ。

母親　明日じゃなくて、木曜よ。時間は充分あります。

父親　ばあや、一緒に行ってやれ。結婚式は明日にした。

ジュリエットと乳母退場。

母親　準備が間に合いませんわ。もう日が暮れます。

父親　ふん、わしが駆け回れば、万事うまくいく。心配は要らぬ。ジュリエットのところへ行って、着付けの手伝いをしてやりなさい。わしは今夜は寝ないぞ、まかせておけ。今回ばかりはわしが女房役だ。――おい、だれか！　みんな出払ってしまった。しかたない、わしがパリス伯爵のところへ歩いていこう。明日の準備をしていただかなくてはならん。この心、すばらしく軽いぞ。あの気まぐれ娘がこうも改心するとはな。

退場。

ジュリエットと乳母登場。※

ジュリエット　ええ、その衣装が一番ね。ところで、ばあや、
今晩は私をひとりにさせて。
いろいろなお祈りを唱えて、お願いしなければならないもの。
天が私のこの心に微笑《ほほえ》んでくださるように。
おまえも知ってのとおり、ひねくれていて罪深い心だから。

母親登場。

母親　どう、忙しい？　お手伝いしましょうか？
ジュリエット　いいえ、お母さま、明日の衣装に必要なものは
みな選び終わりました。
ですから、今からひとりにしておいてください。
ばあやも今晩はお母さまのほうでお使いください。
だって、こんなに急な話ですもの、
さぞかしお手が足りないでしょう。
母親　　　　　　　　　おやすみ。
すぐお布団《ふとん》に入りなさい。しっかり寝ておかなければね。
〔キャピュレット夫人と乳母〕退場。

※　ロウの校訂以降、ここより第四幕第三場とするのが慣例。

ジュリエット　さようなら。いつまたお会いできるかしら。
なんだか背筋がぞくぞくする。
命の温かみが凍りつきそう。
二人を呼び戻してなぐさめてもらおう。
ばあや！――ばあやに何ができる？
この恐ろしい一場は、私のひとり舞台。
おいで、小瓶よ。この薬がぜんぜん効かなかったらどうしよう。
そしたら明日《あす》の朝、結婚することに？
だめ！　だめ！　この剣がそうはさせない。おまえはここにおいで。
〔短剣をおく〕
もしこれが毒だったら？　神父さまが
ひそかに私を殺そうとして毒を入れておいたら？
先に私をロミオと結婚させてしまったから
この結婚で名誉に傷がつくのを恐れて？
きっとそうだわ。いえ、そんなはずはない。
あの方は、徳高い立派な方。
でももし、私がお墓に横たえられて、
ロミオが助けにきてくれる前に
目がさめてしまったら？　ああ、それよ、怖いのは！
穢《けが》れた墓穴《はかあな》にはきれいな空気など流れ込まない。

よどんだ、おぞましい空気で息が詰まって、
ロミオが来る前に死んでしまう。
たとえ生きていたとしても、きっと
死と夜の恐ろしさが、
あの場所の恐怖とあいまって――
だって、あの古い納骨堂には、
何百年来のご先祖さまの骨が
ぎっしり埋葬されているのだもの。
埋葬されたばかりの血まみれのティボルトも
経帷子《きようかたびら》の中で腐《くさ》っているわ。それに
夜中のある時刻には亡霊が現われると言うし――
どうしよう、どうしよう！　目覚めるのが早すぎて――
おぞましい臭いと、地面からひきちぎられる
マンドラゴラ※のような叫び声が――
それを聞いた人は気が狂うという――
ああ、目がさめて、そんなおぞましい
恐ろしいものに囲まれていたら気が狂ってしまう。
気が違った私はご先祖さまの骨をおもちゃにして、
滅多切りにされたティボルトを経帷子から引きずり出し、

※　股《また》のある根をして人体を思わせ、引き抜くと叫び声をあげると言われる植物。その声を聴いたものは発狂すると言う。

わけもわからず、だれか偉い親戚《しんせき》の骨を棍棒《こんぼう》代わりにして、
自分の狂った頭を打ち砕いてしまうわ。
ほら、ティボルトの亡霊が見える気がする。
わが身を剣で貫《つらぬ》いたロミオを探して！
待って、ティボルト、待って！
ロミオ、ロミオ、ロミオ！　ここに薬が！　あなたに乾杯！

《ジュリエットはベッドに倒れ、ベッド・カーテンが閉じられる。》
キャピュレット夫人とハーブを持った乳母登場。※

夫人　ばあや、この鍵《かぎ》を持っていって、スパイスをもっと取ってきて頂戴《ちょうだい》。

乳母　お台所ではナツメとマルメロが足りないそうです。

老キャピュレット登場。

キャピュレット　さあ、働け、働け、働け、二番鳥が鳴いたぞ！
鐘も鳴った。もう三時だ。
パイの焼き具合を見ろ、アンジェリカ。
費用は惜しむな。

乳母　まあ、女の仕事に口出しなさったりして。

※　ロウの校訂以降、ここより第四幕第四場とするのが慣例。

お休みください。ほんに、あした病気におなりですよ。夜更《よふ》かしなさったりしちゃ。
キャピュレット　いや、大丈夫。もっとくだらぬことで徹夜したこともあるが、病気になどなったことはない。
夫人　ええ、若い頃は女の尻《しり》を追いかけていましたね。そんな夜更かしは、私が徹夜で見張ることにします。

キャピュレット夫人と乳母退場。

キャピュレット　やきもちだ、やきもちだ！

焼き串や薪《まき》や籠《かご》を持った三、四人の召使登場。

おい、おまえ、それはなんだ？
召使一　料理用のものですが、なんだかわかりません。
キャピュレット　急げ、急げ！〔召使一退場〕——おい、もっと乾いた薪をもってこい！ピーターを呼べ。奴なら薪のある場所を教えてくれる。
召使二　この頭で薪の場所くらい割り出せます。わざわざピーターに聞かなくても。〔召使二退場〕
キャピュレット　うまいことを言う！　愉快な奴だ。その石頭で薪割りもできそうだな。——大変だ！　夜が明けた！伯爵は楽隊を連れてすぐお見えになるはずだ。

　　音楽演奏。

そういうお約束だった。おいでになったようだ。
ばあや！　おまえ！　おおい！　どうした、ばあやというに！

　　乳母登場。

ジュリエットを起こして来い、さあ、身支度をさせろ。
わしはパリスの相手をする。そら、急げ。
急ぐのだ！　花婿はもうお見えだぞ。
急げったら。　〔キャピュレットと召使たち退場。乳母残る〕

乳母　※お嬢さま！　さあ、お嬢さま！　ジュリエットさま！　まあ、
ぐっすりお休みだこと。
さあ、小羊さん、お嬢さま！　もう、お寝坊さん！
さあ、朝ですよ！　お嬢さま！　ほらほら、さあ、花嫁さん！
あら、お返事なし？　よく寝ていらっしゃること。
一週間分の寝だめだね。今晩は、なにしろ
パリス伯爵がご一緒にお休みだから、
あなたはちっとも休まりませんからね！　あら、失礼！
ごめんあそばせ。それにしても、よく寝ている！

※　一七二三年の詩人アレグザンダー・ポープの校訂以降、ここより第四幕第五場とするのが慣例。

起こさなくっちゃ。お嬢さま、お嬢さま、お嬢さま！
そら、伯爵さまがベッドまでお迎えにいらしたら、
大変なことになりますよ。そうじゃありませんか？
〔カーテンを引く〕あらあら、服を着たまま、寝ておしまいに？
お起こししますよ、お嬢さま！　お嬢さま！　お嬢さま！
ああ！　だれか、だれか！　お嬢さまが死んでいる！
なんてこと、こんなひどい！
気付けのお酒を！　旦那《だんな》さま！　奥さま！

《母親登場。》

母親　何を騒いでいるの？

乳母　　おお、胸が張り裂けそう！

母親　どうしたの？

乳母　　あれを、あれを！　ああ、あんまりだ！

母親　ああ、ああ！　私の子、私の命。
生き返って、目を開けて、でなきゃ、私もおまえと一緒に死ぬわ。
だれか、だれか！　助けを呼んで！

父親登場。

父親　いいかげんにジュリエットを連れてこないか、花婿はもういらしているんだ。
乳母　死んだんです、お亡くなりに！　死んだ！　なんということ！
母親　なんということ！　娘が死んだ、死んだ、死んだ！
父親　なに！　見せろ。おお、なんと。冷たくなっている。
血は止まり、体は硬くなっている。
この唇から命が去ったのはずいぶん前だ。
野原で一番かわいい花が
時ならぬ霜で枯れてしまった。
乳母　おお、胸が張り裂けそう！
母親　ああ、ひどい！
父親　娘を奪い、私を泣かせる死神が
この舌を縛ってしまった。物が言えない。

修道士と伯爵〔、楽隊とともに〕登場。

修道士　さあ、花嫁は教会へ行く支度はできましたか。
父親　行く支度はできていますが、二度と帰ってはきません。
おお、婿殿、そなたの結婚式の前夜、
死神が花嫁を寝取ったのだ。そこに横たわっている。
花の乙女であったのに、死神に花を散らされた。

死神がわが婿となり、跡継ぎとなった。
娘を娶《めと》ったのだ。わしも死んで、すべてを死神に遺《のこ》そう。
何もかも死神のものだ。

パリス　今朝の訪れを待ちわびていたのに、
このような光景を目にしなければならぬのか？

母親　呪わしくも狂おしい、恨《うら》めしくも厭《いと》わしい日です。
めぐりゆく時のつらい歩みのなかでも、
これほどみじめな時は、なかったはず。
たった一人の、かけがえのない一粒種のいとしい子を、
——唯一の生きがいであり、慰めであったかわいそうな子を——
残酷な死神は見えないところへ連れて行ってしまった。

乳母　ああ、ひどい！　ああ、ひどい、ひどい、ひどい！
こんな悲しい、こんなひどいことってない。
生まれてこのかた見たこともない、
なんて、なんて、なんて忌まわしい日！
こんな暗い日はいまだかつてない。
ああ、ひどい、ああ、ひどい。

パリス　希望を挫《くじ》かれ、ひき裂かれ、辱《はずかし》められ、虐《しいた》げられ、殺された。
にっくき死神め、おまえは希望の花を摘んだのだ。

残忍にも、すべてを破壊した。
愛も！　命も！　残ったのは命のない愛の骸《むくろ》だ！
父親　蔑《さげす》まれ、苦しめられ、憎まれ、迫害され、殺された。
無常な時よ、なぜ今、殺しにくる？
われらが祝いごとを殺しにくる？
おお、ジュリエット、わが魂！　それがもうわが子ではない。
おまえは死んだ。ああ、わが子は死んだ。
そしてわが子とともにわが喜びは葬られた。
修道士　静かに。見苦しい！　そのように騒ぎ立てたところで、
どうにもなりません。この美しい乙女は
神とあなたのものでしたが、今やすっかり神のもとへ行き、
より幸福となったのです。
死の手にかかれば、もはやあなたの娘とは呼べない。
娘さんは天で永遠の命を得られたのです。
あなたは娘さんが高い身分にのぼることを何よりも望まれ、
天にものぼる心地で、それを喜んだはず。
それなのに、娘さんが雲よりも高く
天にのぼったのをお泣きになるのですか？
そのような愛は、まことの愛ではない、

娘さんの幸福を見て、取り乱されるとは。
結婚して長く生きるがよい結婚ではなく、
結婚して若く死ぬのがよい結婚です。
涙をお拭《ふ》きになり、そのローズマリーを
この美しい亡骸《なきがら》に飾り、慣例どおり、
晴れ着を着せて、教会へお運びください。
愚かな情に掉《さお》させば嘆くのが人の常だが、
情の涙に溺《おぼ》れるは、理性の笑いの種です。

父親　披露宴のために用意したものはみな、
暗い葬式のために当てるがよい。
陽気な音楽は、陰鬱《いんうつ》な鐘に、
婚礼のご馳走《ちそう》は、通夜のもてなしに、
厳《おごそ》かな賛美歌は、憂鬱な挽歌に、
新床《にいどこ》に撒《ま》く花は、亡骸に撒く花に、
何もかも裏腹《うらはら》となる。

修道士　さあ、奥へお入りください。奥方さま、そのあとを。
それからパリス殿下――。皆さま、この美しい亡骸を
墓へお運びする葬列におつきください。
これもまた、何かの科《とが》があっての天罰です。

このうえ天意に逆らって、さらなる怒りをお招きなさるな。

全員《へ、ジュリエットの遺体にローズマリーを投げ、カーテンを閉め、乳母〔と楽隊〕以外》退場。

楽士一　我々も楽器をしまって失礼しよう。

乳母　みなさん、どうか、おしまいください、おしまいください。なにしろ痛ましいことで。

乳母退場。

ヴァイオリン弾き　ええ、痛んだのが琴だったら修繕できるんですが。

ウィリアム・ケンプ※登場。

ピーター　おお、楽隊の諸君、「心の慰め」をやってくれたまえ。おいらに元気をくれる気があれば、「心の慰め」を弾いてくれ。

ヴァイオリン弾き　なぜ「心の慰め」を？

ピーター　この心はすでに「つらい心」を演奏しているからさ。なんでもいいから陽気な曲をぱあっとやって元気づけてくれ。

楽士一　だめです。今は演奏する時ではありません。

ピーター　だめかい？

楽士一　ええ。

※　この作品を執筆したとき、シェイクスピアは劇団の道化役者ウィリアム・ケンプをピーター役に想定していたことがわかる。第一・四折本《クオート》では、ただ「召使」とあるのみ。

ピーター　たんまりやるよ。
楽士一　何をくださるので？
ピーター　金じゃないよ。悪態さ！　おまえら楽隊どころか、ひでえ演奏で人を苦しめる虐待だ。
楽士一　では、あなたは、しようがない使用人。
ピーター　じゃあ、使用人の短剣をおまえの頭にお見舞いしよう。調子に乗りやがって。ドレミとしばくぞ、ソラ、てめえの歌じゃミ、ソ、が腐るぜ。どうだ？
楽士一　そんな音符はつけないでください。
楽士二　どうか剣をおしまいになって。駄洒落《だじゃれ》のほうはおしまいですか？
ピーター　よし、おいらの駄洒落をお見舞いしよう。刃金《はがね》の剣をしまって、しがねえ頓知《とんち》で叩《たた》きのめしてやる。男らしく答えろ。
〔歌う〕「悲しみ深く、胸痛み、※1
銀の調べのありがたみ」。
なんで「銀の調べ」なんだ？　なんで銀の調べがありがたいんだ？
はい、詳《つまび》らかにしたまえ、つまびき太郎君。
楽士一　はい、銀はよい音を出すからだと思います。
ピーター　くだらん。※2ばい・オリン君の答えは？

※1　第一・四折本《クオート》ではこのあとにもう一行挿入されるが、第二・四折本にはない。
※2　第一・四折本の「お見事」(Pretie)を採用する版もあるが、第二・四折本の「くだらん」(Prates)のほうが、アーデン版編者が指摘するとおり、ピーターの性格に合っているだろう。次の「くだらんね」は同じ言葉の繰り返し。

楽士二　銀の調べというのは、銀貨が欲しくて演奏するからです。

ピーター　くだらんね。横笛一郎君。

楽士三　えっと、わかりません。

ピーター　あ、ごめん、君は歌手だったね。答えを教えてあげよう。「銀の調べが聞こえれば」というのは、おまえら楽隊がどうがんばっても金貨一枚も手に入れられんからだ。

〔歌う〕「銀の調べのありがたみ、たちまち心が癒《いや》される」。

退場。

楽士一　なんだ、あの野郎。

楽士二　気にするなよ、あんなの。さあ、奥へ行こう。弔問客が来るまで待っていれば、ご馳走にありつけるぞ。

退場。

ロミオ登場。※

ロミオ　喜ばしい夢のお告げが正夢だとすれば、
やがてうれしい知らせが届くはず。
この胸の玉座を占める恋心は、

※　ロウの校訂以降、ここより第五幕第一場とするのが慣例。

今朝からなんだか浮かれ気味。この身もうきうきとはずむ思いで、足が地につかない。
ジュリエットがやってきて、俺が死んでいるのを見つける夢――。
死んだ人間が見ているのだから奇妙な夢だ！
そしてこの唇に命を吹き込む口づけをすると、
俺は生き返って、皇帝となる。
ああ、なんて、恋はすてきなんだろう、
恋の影だけでもこんなに喜びに満ちているのだから。

ロミオの従者《バルサザー、長靴をはいて》登場。

ヴェローナからの知らせだ！　やあ、バルサザー。
神父さまからの手紙を持ってきてくれたか。
わが妻はどうしている。父上は元気か？
ジュリエットはどうしている？　そこが聞きたい。
あの人さえ無事なら、すべてはよしだ。
従者　では、あの方はご無事で、すべてよしです。
ご遺体はキャピュレット家の霊廟《れいびょう》に無事安置され、
その魂は天使たちとともにあります。
あの方がご一族の納骨堂に納められるのを見たので、

急ぎ、お伝えに参りました。
こんな悪い知らせを持ってきて申し訳ありません。
おおせつかった務めですので。

ロミオ　そんなことが？　ならば、運命の星を敵に回して戦おう！
俺の宿は知っているな。インクと紙をもってこい。
それから早馬を雇え。今夜、発つ。

従者　どうか、こらえてください。
お顔がまっさおで殺気立っています。何か
いやなことが起こりそうです。

ロミオ　なに、気のせいだ。
ひとりにしてくれ。今言ったこと、頼んだぞ。
神父さまから手紙はないのか？

従者　ありません。

ロミオ　まあ、いい。行け。
早馬を雇うんだぞ。すぐあとから行く。

従者バルサザー退場。

ジュリエット、今夜は一緒に寝よう。
だが、どうやって……。ああ、自暴自棄になっていると、
悪いことはすぐに思いつくものだ。

薬屋だ。——確か、このあたりに住んでいた。前に会ったときには、ぼろをまとい、太い眉毛《まゆげ》をして、薬草を集めていた。頬はやせこけ、あまりにひどい暮らしに骨と皮になっていた。
みすぼらしい店には、亀の甲羅《こうら》だの剝製《はくせい》の鰐《わに》だの、奇妙な恰好《かっこう》をした魚の皮だのがぶらさがっていた。店の棚には、
空箱が数個、それから、
緑色の壺《つぼ》、ずだ袋、かびた種、
使い残しの紐《ひも》、古いバラの香料などが
あちこち散らばって店の雰囲気を出していた。
この貧しい様子を見て、思ったものだ。
「マントヴァでは毒薬を売れば即刻死刑だが、もし今毒薬が欲しいという者があれば、それを売ってくれるさもしい男はここにいる」と。
ああ、そう思ったのも、俺が毒を求めることになる前触れだったのだ。
あの赤貧の男、きっと俺に毒を売ってくれよう。
たしか、これがその家だ。

今日は休日だから、店を閉めているな。
おおい！　薬屋！

《薬屋登場。》

薬屋　大声で、だれです？

ロミオ　こっちへ来い。おまえは貧乏だな。
ほら、ここに四十ダカットある。少し毒を
わけてくれ。効き目の早いやつを。
たちまち体中をかけめぐり、
この世をはかなむ自殺者が直ちに死ねるものを。
破壊力のある大砲から発射される
火薬のように激しく瞬《また》く間に、
体から息の根を奪ってしまうものを。

薬屋　そうした危険な薬はありますが、マントヴァの法律では
売れば死刑になります。

ロミオ　おまえ、そんなあさましい貧困の極致にあって、
まだ死ぬのが怖いのか。その頬には飢えがあり、
その目には、せっぱつまった苦悩があり、
その背中には、蔑《さげす》まれた物乞《ものご》いの色が見える。

この世もこの世の法律も、おまえの味方をしてくれぬ。
おまえをゆたかにする法律はこの世にはないのだ。
ならば貧乏に甘んじず、法を破って、これを取れ。

薬屋　同意するのはわが貧困、本心からではありません。

ロミオ　本心ではなく、その貧困に、金を払おう。

薬屋　これをお好きな液体に溶かして飲み干せば、
たとえ二十人力の屈強なお人でも、
あっという間にあの世行きです。

ロミオ　そら、金だ。――人の心を腐らせる猛毒だ。
忌まわしいこの世では、売買禁止のこの微々たる薬より、
多くの人を殺《あや》めてきた毒だ。
毒を売るのは私のほう、おまえではない。
さらばだ。食べ物を買って、肉をつけろ。
――さあ、おまえは毒でない、恋路を助ける薬だ。一緒においで、
ジュリエットの墓に。そこでおまえの出番がある。

二人退場。

修道士ジョンが修道士ロレンスのもとへ登場。※

ジョン　フランシスコ修道会のロレンスさま！

※　ロウの校訂以降、ここより第五幕第二場とするのが慣例。

修道士ロレンス登場。

ロレンス　これは、ジョン修道士の声に相違ない。マントヴァからよう戻られた。ロミオはなんと？手紙があるなら、拝見いたそう。

ジョン　それが、旅の道連れにと、同門の托鉢僧《たくはつ》を捜しに出まして、この町の病人を見舞っていたのを見つけた折《おり》も折、町の検疫官たちに、我々二人がいた家は、伝染病に冒されていると嫌疑をかけられ、戸を封鎖され、閉じ込められてしまい、マントヴァへ急ぐことができなかったのです。

ロレンス　では、ロミオへの手紙はだれが？

ジョン　届けられなかったので――ここに、こうして、まだ――こちらへお返ししようにも、みな感染を怖がって、使いの引き受け手がいなかったのです。

ロレンス　なんと不幸な巡り合わせ！　この手紙、ただの手紙ではない。きわめて重要な用件が

したためられているのだ。放っておけば、
大変なことになる。ジョン殿、すぐ行って、
バールを捜して、わしの庵《いおり》に
持ってきてくれ。

ジョン　わかりました。持っていきます。

退場。

ロレンス　納骨堂へ一人で行かねばなるまい。
この三時間以内に、ジュリエットは目を覚ます。
そのことをロミオに知らせていないとなれば、
ジュリエットにはさぞかし恨まれるだろうが、
またマントヴァへ手紙を書くしかない。そして、
ロミオが来るまでわが庵に匿《かくま》うのだ。
死人の墓に収められた哀れな生きた屍《しかばね》を。

退場。

パリスと小姓が《花や香水をもって》登場。※

パリス　その松明《たいまつ》をくれ。もういい、離れていてくれ。
いや、やはり松明を消してくれ。人に見られたくない。
おまえは、あの櫟《いちい》の木の下にずっと身を潜め、

※　ロウの校訂以降、ここより第五幕第三場とするのが慣例。

うつろな大地にしっかり耳をつけていろ。
あちこち墓を掘って地盤がゆるんでいるから、
だれかが墓地に足を踏み入れれば、
すぐ足音が聞こえてくるはずだ。
何か近づく音がしたら、口笛で合図しろ。
その花をくれ。言ったとおりにやるんだぞ。行け。

小姓　この墓場に一人でいるのはいやだなあ。
でも、やってみよう。〔物陰に隠れる〕

《パリスは墓に花を撒《ま》く。》

パリス　花の乙女よ、花嫁よ、その新床を花で飾ろう。※
だが、ベッドをおおう天蓋《てんがい》が、土と石とは、忌まわしい。
夜ともなれば、この墓に、香りの高い水を注ごう。
もし、水が尽きたらその代わり、涙の雨が、似合わしい。
こうして毎晩おまえを供養、
花と涙の悲しみ模様。

少年〔小姓〕が口笛を吹く。

だれか来るという合図だ。

※　ここより六行、ababcc で韻を踏む半ソネット形式。

いまいましい、何者だ、こんな夜更《よふ》けにやってきて、
せっかくの手向《たむ》け、まことの愛の儀式の邪魔をするのは？
おや、松明か？　夜よ、しばし、われを匿《かくま》え。〔物陰に隠れる〕

《ロミオと、松明、鶴嘴《つるはし》、バールを持ったバルサザー登場。※》

ロミオ　その鶴嘴とバールをくれ。
待て、この手紙を持て。明日の朝一番に、
必ずわが父上に届けてくれ。
明かりをくれ。それから、命令だ、
これからどんなことを耳にし、目にしようとも、
遠く離れて、邪魔立てするな、命にかけて。
いやなに、この死の寝床へ降りていくわけは、
愛《いと》しい人の顔の見納めというのもあるが、
その指から大切な指輪を取り返し、
大事な用事に役立てたいからなのだ。
わかったら、早く行け。
もしおまえが疑念を起こし、私がこれから
何をするつもりか探ろうと戻ってこようものなら、
天に誓ってその五体を引き裂き、

※　第二・四折本《クオート》のト書きでは「ロミオとピーター登場」となっている。しかし、第二・四折本でも本当はピーターではなく「バルサザー」であるべきことは、第二・四折本の最後で事の次第を証言する召使の名がバルサザーであることからもあきらか。バルサザーもピーターもウィリアム・ケンプが演じたために起こった混同であろう。
話者を示すPet.及びManなどの表記を、慣例に従って「バルサザー」に統一した。

この血に飢えた墓地にばら撒いてやる。
時も、わが思いも、激しく乱れ、
飢えた虎も、荒れ狂う大海原《おおうなばら》も遠く及ばぬほど、
凶暴になり、容赦しないぞ。

バルサザー　行きます。お邪魔はしません。

ロミオ　それでこそ友達だ。これを取っておいてくれ。
おまえは生きろ、元気でな。さらばだ。

バルサザー　とはいうものの、このあたりに隠れよう。
あのご様子はただごとではない。何かあるぞ。

〔バルサザーは下がる〕

ロミオ　この呪わしい胃袋め、この死を生み出す子宮め、
世界で一番大切な肉体を呑《の》み込みやがった。
こうして、おまえの腐った顎《あご》をこじ開け、
もっと食い物をねじ込んでやる。

《ロミオは墓を開けようとする。》

パリス　あれは追放された高慢なモンタギュー。
わが恋人のいとこを殺した男――その悲しみゆえ、
美しい娘は死んだと言われている――
そのうえ、その亡骸《なきがら》に何か恥ずべき

悪事をなそうとやってくるとは。捕《つか》まえてやる。〔飛び出す〕
その汚らわしい手をひっこめろ、下劣なモンタギュー。
殺しただけでは飽きたらず、なおも復讐《ふくしゅう》しようというのか。
呪われた悪党め、捕まえてやるぞ。
おとなしく、ついてこい。おまえは死ぬのだ。

ロミオ　確かに死ぬ。そのためにここに来たのだ。
どうか、君、自暴自棄の男を唆《そそのか》さず、
私にかまわず逃げてくれ。ここに埋められた人たちのことを考えて、
死の恐怖を思い起こせ。お願いだ、君、
私の怒りをかきたてて、これ以上
罪を重ねさせないでくれ。さあ、行け！
誓って言うが、この身よりも君のほうが大切なのだ。
ここに来たのは、自分を殺すためなのだから。
ぐずぐずしないで、行ってくれ。生きて、狂人の情けで
逃がしてもらったと言うがいい。

パリス　そんな言い訳は聞くものか。
ここでおまえを重罪人として捕まえてやる。

ロミオ　俺を怒らせようというのか。では、覚悟しろ。小僧！

小姓　大変だ、喧嘩《けんか》だ。夜警を呼んでこよう。〔小姓退場〕

〔パリスは死ぬ〕

《二人は戦う。》

パリス　ああ、やられた！　もし情けがあれば、
墓を開けて、私をジュリエットのそばに横たえてくれ。

ロミオ　よし、そうしてやるぞ。顔を見てやろう。
マキューシオの親戚《しんせき》、立派なパリス伯爵ではないか！
そういえば、こちらに来る道すがら、召使が言っていた、
落ち着かぬ心でろくに話を聞いていなかったが、確か、
パリスがジュリエットと結婚するはずだったとか。
そう言わなかったか？　そんな夢を見ただけか？
それとも、この頭、おかしくなって、この男が
ジュリエットと言うのを聞いてそう思い込んだだけか。
握手をしよう、君もまた、不幸の名簿に名を連ねたな。
栄光の墓に葬《ほうむ》ってやろう。
墓？　いや、明かり窓だ、パリス。
ここにジュリエットが横たわり、その美しさが
この納骨堂を光にあふれた宴《うたげ》の席に変えている。
ここに眠れ、死人の手が死んだおまえを葬ってやる。〔パリスをジュリエットの隣に横たえる〕
死を前にして人は陽気になることがあるという。

最期を看取《みと》る人々はそれを死の前の稲妻
などと呼ぶが、どうしてこれを
稲妻と呼べよう。ああ、愛《いと》しい妻よ、
君の息の甘い蜜《みつ》を吸い取った死神も、
この美しさには手が出せないでいる。
君は征服されたのではない。美貌《びぼう》の旗印が、
その唇と頰に、まだ赤々とはためいている。
死神の青白い旗はまだそこまで進んでいない。
ティボルト、そんなところで血染めの布に包まれて！
ああ、君のために最高の供養をしてやるぞ。
君の青春をまっぷたつにしたこの手でもって、
君の敵であるこの身の青春を引き裂いてやるからな。
赦《ゆる》してくれ、いとこよ。ああ、愛しいジュリエット、
なぜまだそんなに美しい？　まるで、
姿なき死神が恋におち、
やせこけた恐ろしい怪物の姿になって、
この暗闇に君を囲っているかのようだ。
そうだといけないから、いつまでも君と一緒にいよう。
この夜の帳《とばり》の宮殿を、決して

〔ティボルトの亡骸に気づく〕

離れはしないぞ。ここに、こうして、
君の侍女の蛆虫《うじむし》たちとともにいよう。
ここここそ、とこしえの安らぎの場所と定め、
この世に疲れた肉体を、
不幸な星のくびきから解き放とう！　目よ、見納めだ。
腕よ、最後の抱擁だ。そして唇よ、ああ、
息の通る扉よ、正当な夫婦の口づけで調印するのだ、
すべてを買い占める死神と交わした無期限の契約書に。
さあ来い、無情な道案内、さあ、味気ない先導役、
おまえはやぶれかぶれの舵取《かじと》りだ。波に揉《も》まれて疲れた小舟を
今こそ岩にぶちあて、打ち砕け。
わが恋人に乾杯！〔飲む〕　おお、嘘はつかなかったな、薬屋！
おまえの薬はよく効くぞ。こうして口づけをして死のう。

《倒れる》

ロレンス修道士が、手提げランプと、鶴嘴、鋤《すき》を持って登場。

修道士　聖フランチェスコのお守りあれ。この老いた足、
今宵《こよい》は何度つまずくことか。だれだ？
バルサザー　怪しい者ではありません。神父さまを存じ上げている者です。
修道士　汝《なんじ》に祝福あれ。教えてくれ、

あそこで、蛆虫《うじむし》や目のないしゃれこうべを
むなしく照らすあの明かりは何だ？　どうやら、
キャピュレット家の納骨堂の中で燃えているようだが。
バルサザー　そうです。神父さまのお世話になっております
私の主人が、そこにおります。
修道士　だれだね。
バルサザー　ロミオさまです。
修道士　ここにどれほどいるのだ？
バルサザー　三十分くらいです。
修道士　一緒に納骨堂へ来てくれ。
バルサザー　だめです。
主人は私が立ち去ったと思っております。
もし居残って様子を探ろうとすれば、
命はないとさんざん脅《おど》されました。
修道士　ではそこにいろ、わし一人で行く。胸騒ぎがする。
ああ、何かよからぬことになっていなければよいが。
バルサザー　この櫟《いちい》の木の下で眠っていると、
主人がだれかと戦って、
相手を殺す夢を見ました。

修道士　ロミオ！

〔墓の中に入る〕

《修道士はしゃがんで、血糊《ちのり》と武器を見る。》

ああ、大変だ、何だ、この墓の入り口は！
血しぶきが石にべったりついている！
どういうことだ、持ち主のいない血染めの剣が、
この安らぎの場に！
ロミオ！　おお、青ざめて！　これはだれだ？　なんとパリスまで？
血まみれで？　ああ、なんと残酷な時のいたずらか！
こんなことになってしまうとは！
ジュリエットが動いた！

ジュリエット　ああ、ありがたい神父さま、私の夫はどこ？
私、どこで目を覚ますのか覚えています。
ここがそうなのですね。私のロミオは？
〔外で物音〕

修道士　だれか来る。さあ、この死の巣窟《そうくつ》から
出るのだ。ここには疫病と恐ろしい眠りしかない。
わしらにはどうすることもできぬ大きな力が、
計画を台なしにしてしまった。さ、来なさい。
おまえの夫は、ほら、おまえの胸に抱かれて死んでいる。

それにパリスまでも！　来なさい。おまえは
尼僧院に預けることにしよう。
質問している場合ではない！　夜警が来てしまう！
さ、来るのだ、ジュリエット！　もうここにはいられない！
〔外で物音〕
退場。

ジュリエット　行くがいい。私は行かない。
これは何？　愛しい人の手に握られた盃《さかずき》は？
毒ね。これで永遠の別れを告げたのね。
ああ、意地悪。全部飲み干して、あとを追う私に
一滴も残してくださらなかったの？　その唇にキスを。
まだそこに毒が残っているかもしれない。
私を殺して、あなたのキスで。
あなたの唇、温かい！
〔口づけする〕

夜警　〔奥で〕案内しろ、小僧。どっちだ。

ジュリエット　物音が。急がないと。ああ、うれしい短剣。
この体をおまえの鞘《さや》にして。ここで錆《さ》びて、私を死なせて。
《ジュリエットは自刃し、倒れる。小姓と夜警たち登場。》

小姓　ここです。ほら、松明《たいまつ》が燃えています。

夜警一　床が血まみれだ。墓地を捜せ。
何人か、行け。だれでも見つけ次第、逮捕しろ。　〔何人かの夜警退場〕
無惨な光景だ。ここに伯爵が殺されており、
ジュリエットさまが血を流している。まだ温かい。死んだばかりだ。
二日前に埋葬されたはずなのに。
大公さまにお知らせして来い。キャピュレット家に走れ。
モンタギュー家を叩《たた》き起こせ。ほかの者どもはあたりを捜せ。　〔何人かの夜警退場〕
この悲しみの亡骸《なきがら》を、泣きながら目にしても、
痛ましい不幸の原因は見えてこない。
詳しい調査が必要だ。

バルサザーと何人かの夜警登場。

夜警二　ロミオさまの召使です。墓地におりました。
夜警一　大公さまがお見えになるまで、取り押さえておけ。

別の夜警が修道士ロレンスを連れて登場。

夜警三　この修道士は、体を震わせ、溜《た》め息をついては涙を流します。
墓地のこちら側から出てくるところを捕らえ、
この鶴嘴《つるはし》と鋤《すき》を押収しました。

夜警一　大いに怪しいな。その修道士も取り押さえろ。

《大公とその一行登場。》

大公　こんなに早く、朝の眠りから私を叩き起こすとは、いったい何事だ？

キャピュレット夫妻登場。

キャピュレット　どうしたというのだ、大声でわめきおって？

妻　街中をみな「ロミオだ」と叫び、あるいはジュリエットやパリスの名を口にし、みながわが家の納骨堂のほうへ叫び声を上げて走っていきました。

大公　何事だ、この耳をつんざく恐怖の叫びは？

夜警一　大公さま、ここにパリス伯爵が殺されております。ロミオさまは死んでおり、すでに亡くなったはずのジュリエットさまは、まだ温かく、殺されたばかりで倒れております。

大公　捜せ。調べろ。このおぞましい殺人の真相を解明するのだ。

夜警一　ここに神父と、殺されたロミオに仕えていた者がおります。どちらも、死人の墓を暴《あば》くためとおぼしき道具を持っていました。

キャピュレット夫妻、〔遺体の置かれた舞台奥に〕入る。

キャピュレット　おお、天よ！　おお、おまえ、ほら、娘が血を流して！
この短剣、収まる場所を取り違えた。見ろ、
このモンタギューの若造の背中にある鞘《さや》が空いているのに、
娘の胸に収まってしまったのだ。

妻　おお！　この死に顔は、老いたこの身が
墓場に近いと告げる弔いの鐘。

モンタギュー登場。

大公　さあ、ここへ、モンタギュー、おまえが早く起きてきたのは、
おまえの一人息子が早くも眠った姿を見るためだ。

モンタギュー　悲しいかな、大公さま、妻が昨晩亡くなりました。
息子追放の悲しみで息が絶えたのです。
これ以上、何の嘆きが、この老いの身を苛《さいな》むのでしょう？

大公　これを見れば、わかる。

モンタギュー　なんと、親不孝者！　どういうつもりだ、
父より先に、死に急ぎおって！

大公　激しい悲しみの口をしばし、つぐめ。

まず不審の点を明らかにし、その原因、詳細、
真相を知らねばならぬ。
それがわかれば、私がみなの嘆きを率いる総大将となって、
死ぬまで共に嘆きもしよう。それまでは辛抱せよ。
不運を忍耐の奴隷とするのだ。
疑わしき者どもを引き出せ。

修道士　最も疑わしきは私です。最も力なき者ながら、
時といい、所といい、この身に不利に働き、
恐ろしい嫌疑の最も濃い者です。
こうして御前に立ち、この身の咎《とが》は咎として受け、
無実は無実として申し開きしたく存じます。

大公　では、直ちに、この件について知っていることを申せ。

修道士　手短《てみじか》に申しましょう。余命いくばくもない私には、
長話をする暇もございますまい。
命を落としたそれなるロミオは、ジュリエットの夫でございました。
そして、命を落としたこれなるジュリエットは、ロミオの貞淑なる妻。
私が二人を結婚させました。人目を盗んだその婚礼の日は、
ティボルトの命尽きた日。その時ならぬ死が
新婚早々の花婿をこの町から追放させ、

そのためにジュリエットは嘆いたのです、ティボルトのためではなく。
あなたがたは、悲しみの垣根を娘から取り除こうと、
否が応でもパリス伯爵と婚約、
結婚させようとなさった。それゆえ、娘は私を訪ね、
取り乱した様子で、なんとかしてこの二度目の結婚から
逃れる手段を考えてくれ、さもないと
直ちにその場で自殺すると言ったのです。
そこで私は、かねがね研究しておりました眠り薬を
娘に与えました。それは期待通りの
効果をもたらし、娘はまるで
死んだようになりました。その一方、私はロミオへ
今晩直ちにここに来るようにと手紙を書きました。
薬の効き目が切れるとき、娘を仮の墓から
連れ出す手伝いをするようにと。
ところが、この手紙を託した修道士ジョンは、
思いもよらぬ足止めを食らい、昨晩、手紙を
私に戻してきたのです。そこで私は、ただ一人、
娘が目覚めるはずの時刻に、一族の霊廟《れいびょう》から
娘を連れ出しにやって参りました。

機会を窺《うかが》い、ロミオを呼びにやるまで、
密《ひそ》かにわが庵《いおり》に匿《かくま》うつもりでした。
ところが、行ってみると、娘の目がさめる
数分前に、あろうことか、このとおり、
気高いパリスと、愛を全うしたロミオが死んでいたのです。
娘が目を覚ましますと、私は一緒にここを出て、
この天の所業にじっと耐えるよう求めたのですが、
そのとき、物音におびえて私は墓を飛び出してしまい、
娘は、絶望のあまり、一緒に外に出て来ようとはせず、
われとわが身をあやめた様子。
私の存じているのは以上です。この結婚のことは、
娘の乳母が内々に知っております。この件に関しまして、
私の落ち度で不幸を招いたとなれば、この老いの命、
寿命の果てるまでのわずかの時間を、
峻厳《しゅんげん》なる法律のもと、差し出す所存でございます。

大公　そなたが徳高いことは夙《つと》に知れておる。
ロミオの召使はどこだ？　この件について何を知っている？

バルサザー　私は、主人にジュリエットさまの訃報をお伝えしました。
すると主人は、大あわてでマントヴァから早馬を駆り、

ここへ、まさにこのご霊廟へ駆けつけました。
そして、この手紙をお父上にお渡しするようにとお命じになり、
そのまま立ち去らねば命はないと私を脅したうえで、
中へ入っていかれました。

大公　その手紙をこれへ。読んでみよう。
夜警を呼びだした伯爵の小姓はどこだ？
これ、なぜおまえの主人はここに来たのだ？

小姓　奥方さまのお墓に撒《ま》く花を持っていらしたのです。
私に離れていろとお命じになったので、そうしていました。
するとやがて、明かりを持った男が墓を開けに来て、
たちまち、主人はその男と斬り結びました。
そこで私は夜警を呼びに走ったのです。

大公　この手紙は、神父の言葉を裏書きしている。
二人の恋路、娘の訃報、
そしてここに、貧乏な薬屋から毒薬を買ったことも
書いてある。それを持ってこの霊廟を訪れ、
ジュリエットを抱いて果てるつもりだったのだ。
敵《かたき》同士の二人はどこだ？　キャピュレット、モンタギュー、
見よ、そなたらの憎悪になんという天罰がくだったことか。

天は、そなたらの喜びである子供らを愛によって殺したのだ。
そして私も、そなたらの不和を大目に見たために、
二人の親族を失った。みな一人残らず、罰を受けたのだ。

キャピュレット　ああ、モンタギュー殿、わが兄弟、その手をどうか。
こうして差し伸べてくださったお手こそ娘のための何よりのご結納。
これ以上の望みはございません。

モンタギュー　いや、もっと差し上げたい。
お嬢さまの像を純金で建てましょう。
この町がヴェローナとして知られる限り、
一途《いちず》に愛したジュリエットの像こそ、
何よりも崇《あが》められるべきです。

キャピュレット　それに劣らぬロミオの像を、その隣に建てましょう。
二人とも我らの憎しみの哀れな生贄《いけにえ》となってしまった。

大公　朝となっても、静かに暗い。※
太陽も悲嘆に沈んで面《おもて》を上げぬ。
さあ行こう、悲しき顛末《てんまつ》を語って弔《とむら》い、
赦《ゆる》すべき者は赦し、罰すべき者は調べ上げん。
かつてないほどの悲しみの至り。
これぞ、ロミオとジュリエットの物語。

〔一同退場〕

※　大公の六行の台詞はababccと韻を踏む半ソネット形式。

終

訳者あとがき

この翻訳は、鴻上尚史氏が演出した公演（詳細は巻末参照）のために訳し下ろした上演台本を基にしている。

本書の主な特徴は、次の二つである。

1）上演を目的として、原文のリズムが持つおもしろさや心地よさを日本語で表現するように努めた。

2）原典すなわち翻訳の底本とした第二・四折本《クオート》（一五九九年出版）に忠実に訳すことで、いくつかの画期的な特色を打ち出した。たとえば、原典どおり、本文中に幕場割り（第○幕第○場という区分け）をなくしたのは、シェイクスピアの翻訳として本邦初であろう。

また、現在市販されている諸版においては編者による《訂正》が加えられているため、登場人物の名前は一貫して同じ名前で表示されるが、原典では、「夫人」（La.＝Lady）と表記されることが多いキャピュレット夫人は、母親としてジュリエットに話しかけるときは「母親」（Mo.＝Mother）に変わり、夫に話しかけるときは「妻」（Wi.＝Wife）に変わるというおもしろい現象がある。同様にキャピュレット（Ca., Cap., Capu.）もジュリエットに対して激怒するときに「父親」（Fa.＝Father）と表示される。こうしたところにシェイクスピアが込めた人物造形の意味が読み取れるという事実は読者に伝えるべきであろう。さらに、シェイクスピアがト書き（149頁）に実在の道化役者の名前を書き込んでいることも見逃せない。

これらはいずれも作品理解への手がかりとなる重要な点だが、これまでの翻訳ではこうした点が無視されてきたのみならず、シェイクスピアの書いていない幕場割りやト書きを後世の編者が書き加えた現代版からの翻訳がなされてきた。

本書は、最も信頼すべき第二・四折本どおりに訳すことで、シェイクスピアのテクストのおもしろさがわかるようにした。

1）について

翻訳に当たっては、二〇〇三年に野村萬斎氏のために『ハムレット』を翻訳した際に萬斎氏よりご教示頂いた貴重な注意点を生かし、自ら台詞《せりふ》を読み上げるなどして台詞のリズムと響きにこだわった。

本作は、シェイクスピアの詩人としての試みが劇作に大きく反映された初期の作品であり、プロローグ（7頁）、キス・シーン（43頁）、そして第一幕と第二幕のあいだの歌（46頁）に見られるソネット形式や、半ソネット形式（24、26、159、176頁）、英雄詩体二行連句などをはじめとして多くの凝った表現が盛り込まれているため、表現の技巧にはとくに留意したつもりである。ただし、英語のライム（押韻）と日本語の語呂《ごろ》合わせは必ずしも同じ効果をもたないため、語尾のライムを日本語で表現するのは一部にとどめた。

2）について

この翻訳は第二・四折本（Q_2）を原典としているが、初版本である一五九七年出版の第一・四折本（Q_1）のト書き部分を参照し、これを《　》で表示した。このことについて簡単に説明しておきたい。

Q_1は、いわゆる「粗悪な四折本《バッド・クオート》」であり、Q_2の半分の長さしかない。おそらく台本を持たずに地方巡業した劇団が記憶に頼って再構築した上演台本だと推察されている。台詞については信頼できないが、ト書きは当時の実際の上演を反映しているため、作品理解の貴重な手がかりとなると判断して、これを収録した。

なお、二折本《フォリオ》（一六二三年に出版された世界初の一巻本シェイクスピア全集）に収められた「ロミオとジュリエット」は、Q_2の再版であるQ_3（一六〇九）の再録でしかなく、再版・再録時の誤植の可能性を考えれば、やはり最も信頼できるテクストはQ_2だということになる。

大切なことは、これらのいずれのテクストにおいても、『ロミオとジュリエット』には、第○幕第○場といった幕場割りがないということである。

シェイクスピアの戯曲全体を見渡すと、いずれも四折本では幕場割りがない。二折本では幕場割りがつけられているものもあるが、『ロミオとジュリエット』のほかに、『ヘンリー六世』第二・三部、『トロイラスとクレシダ』、『アテネのタイモン』、『アントニーとクレオパトラ』には、二折本でも幕場割りがない。現代の諸版では、そうした差異は無視して、すべての戯曲に幕場割りが加えられてしまったため、大きな誤解が生じている。（最も顕著な例は後世の編者により全四十二場に分割された『アントニーとクレオパトラ』であり、わずか数行の場も含めて短い場が連続するのは「重大な欠点」と批判されることがあるが、シェイクスピアは幕場割りを考えていなかったのだから、幕場の多数をもって欠点と断ずるのは的外れである。）

シェイクスピアが幕場割りにこだわらずに、流れるように展開する舞台を作っていたことの意義を改めて確認しておく必要がある。ここでは、シェイクスピア自身が幕場割りを設けていない『ロミオとジュリエット』に、近代演劇の慣習に従って幕場割りをあてはめていくと、どのような問題が出てくるか、以下に簡単に説明しておきたい。

流れる舞台 vs. 幕場割り
その1

まず37頁の注に記したように、これまで《第一幕第四場》とされてきた場面は、ベンヴォーリオの「太鼓を打ち鳴らせ」で終わり、宴会の準備のためにキャピュレット家の「召使たちがナプキンを持って前に出てくる」ところから《第一幕第五場》が始まる——それが後代の編者による校訂だ。

しかし、この校訂は、シェイクスピアが書いた次のト書きと矛盾する。

ロミオら一同が舞台をぐるりと行進しているあいだに、召使たちがナプキンを持って前に出てくる。

つまり、《第五場》が始まっても、ロミオたちは退場することなく、そのまま舞台の上をぐるりと行進しているのであり、この瞬間、松明《たいまつ》を掲げたロミオたちのいる夜道と、ナプキンを持つ召使たちがいるキャピュレット家の屋敷の両方が舞台上に同時に示されることになる。そして、召使たちが騒いでいるあいだにロミオたちは舞台をぐるりと一周し、ロミオたちが舞台前面に戻ってきたところで、ちょうど登場してきたキャピュレットたちに迎えられ、このとき初めて舞台はキャピュレット家の宴会場に完全に移行する。

つまり、映画ふうに言えば、「ロミオたちがいる夜道」→「ロミオたちが歩いてくる夜道」と「召使たちが騒いでいる屋敷内」のダブル・ショットないしクロス・フェード→「ロミオたちがキャピュレットに迎え入れられる屋敷内」というように、舞台の流れは切れずに続くのである。「召使たちの騒ぎ／ロミオたちの舞台上の行進」は、二つの場面を結びつけるつなぎの役割を果たすことになる。

とすれば、ベンヴォーリオの「太鼓を打ち鳴らせ」で《第一幕第四場》が終わり、召使たちが登場するところから《第一幕第五場》と区切るのはおかしいということになる。「召使たちの騒ぎ／ロミオたちの舞台上の行進」がつなぎとして果たしている役割を考慮すれば、ここは幕場割りをすることが不可能なシークエンスであると言わざるを得ない。

その2

次に問題となるのは、《第一幕》と《第二幕》のあいだにおかれたソネット形式の歌である。一七三三年に出版されたルイス・シボルド編纂による版では、この歌は《第一幕》の終わりに置かれ、現代版のうちニュー・ケンブリッジ版がそれに従っている。一方、一七〇九年のニコラス・ロウ編纂の版では、この歌は《第二幕》の「序」として位置づけられ、多くの現代版がこれに従ってきた。邦訳でこの歌が《序詞》や《前口上》などと訳されてきたのは、ロウの《校訂》に従ったからだ。ただし、ロウに従う場合でも、《序詞》があってから《第一場》が始まるのか、《第一場》のなかに《序詞》があるのか、翻訳によって違ったりしている。

こうした混乱は、この歌の位置づけの難しさを示している。というのも、先ほどの例と同様に、この歌は《第一幕》と《第二幕》をつなげる役割を果たしているからである。この歌は《第一幕》と《第二幕》という区分のどちらにも属さない、あるいはどちらにも属するという性質をもつのであり、したがって、ここでも、シェイクスピアが書いたとおり、幕場割りをつけないままにしたほうがよいということになる。

その3

50頁で、ロミオはバルコニーにジュリエットを発見する。このとき、ロミオはキャピュレット家の庭園に入り込んでいる。しかし、その直前、ロミオを探していたマキューシオとベンヴォーリオは庭園の外の街路にいる。そこで、マキューシオとベンヴォーリオが退場したところで街路を舞台とした《第二幕第一場》が終わり、そのあとロミオが再び姿を現わすところから庭園を舞台とする《第二幕第二場》が始まる——それが今では当たり前のように受け入れられるようになっている校訂だ。ひとつの翻訳を引き合いに出せば、次のように訳されている。

ベンヴォーリオ　うん、行こう。だいたいむだな話だよ、探したって。むこうは見つかりたくないんだから。

（退　場）

第二場　キャピュレット家の庭園

（ロミオ登場）

ロミオ　他人の傷あとを笑えるのは、自分で痛手を負ったことがないからだ。

しかし、原典にはこのような区切りがないどころか、シェイクスピアは「そんなところで切ってくれるな」という明確なサインを残しているのである。それは、《第二幕第一場》最後のベンヴォーリオの台詞と《第二幕第二場》最初のロミオの台詞を並べてみればわかる。

BENVOLIO. To seek him here that means not to be found.
ROMEO.　He jests at scars that never felt a wound.

ベンヴォーリオ　見つかりたくもない奴を探してみてもはじまらない。
ロミオ　人の傷見て笑うのは、傷の痛みを知らない奴だ。

二行の語尾に注意していただきたい。found と wound（ワウンドと発音）で韻を踏む二行連句になっている。この二行を切ることはできない。切れるのはむしろ、この二行連句のあとである。それまでのベンヴォーリオたちの「ロミオ探し」が、この二行連句によって終止符を打たれ、次の瞬間、ロミオが目を上げて、「だが待て、あの窓からこぼれる光は何だろう？」

とジュリエットに気づくところから新たな場面が始まっている――というのが、シェイクスピアの作ったドラマの流れである。つまり、ロミオが親友たちへ冷たい視線を送った次の瞬間にふっと身がまえを変えてバルコニーへ視線を送る――その視線の切り替わりこそが、ドラマの切り替わりとなるのである。

そうしたシェイクスピア的なドラマ構成を無視して、街路から庭園へ舞台が移ったという、シェイクスピアとは無縁のリアリズムの思考に基づいて幕場割りを設けるのは愚の骨頂である。シェイクスピアにとって、舞台は自由自在に変わるのであり、いちいち幕場割りで区切る必要はないし、また区切ってしまってはシェイクスピアが意図した自在な舞台展開を壊すことになってしまう。二〇〇〇年に出版されたジル・L・レヴェンソン編纂のオックスフォード版では、この箇所の幕場割りを取り払っているが、卓見であろう。

その4

141頁――《第四幕第三場》とされる場面で、ジュリエットが薬を飲んでカーテンの奥のベッドに倒れた瞬間、結婚式の準備に家じゅうが忙しく立ち働く場面へと切り替わる。現代版ではこの切り替わりを持って《第四幕第四場》とされる。そのあとキャピュレットから「ジュリエットを起こして来い」と命じられた乳母がジュリエットの寝室に行くところ（143頁）で、場面がジュリエットの寝室に変わったということで、ここからが《第四幕第五場》とされた。

これらの幕場割りの根拠は、場所が違うということにある。「ジュリエットの寝室」（《第三場》）→「広間」（《第四場》）→「ジュリエットの寝室」（《第五場》）という移り変わりを幕場割りによって区切ろうというわけだ。しかし、場所の移動にこだわるのは、シェイクスピアとは無縁のリアリズムの思考であるということはすでに述べた。幕が開くと「広間」や「寝室」の豪華な舞台装置が観客の目を驚かす近代演劇の慣習をシェイクスピアに押し付けることに意味はない。シェイクスピアの舞台に幕（緞帳《どんちょう》）はなかったのだ。

《第三場》から《第五場》に至るドラマの移り変わり方は次のようになっている。薬を飲んだジュリエットがベッドのカーテンを閉める。その瞬間、ジュリエットが見えなくなるため、ベッドの存在は観客の意識から遠のき、代わりに登場してきたキャピュレット夫妻や召使たちのやりとりによって、観客は広間での会話に移ったと理解する。やがてジュリエットを起こすように命じられた乳母は、一旦《いったん》退場することもなく、台詞を言いながら（ずっと舞台上にあった）ジュリエットのベッドに近づき、ベッドのカーテンを開けて、そこにジュリエットの「死体」を発見する――この一連の流れにおいて重要なことは、寝室から広間へ、広間から寝室へという転換は観客の頭の中で行われ、実際の舞台上では単にベッドのカーテンが開閉されるだけで、場面は切れることなく、いつのまにか場所が移動しているということだ。幕場割りで区切ってしまうことは、このシェイクスピア的な空間のワープのおもしろさを無視することになる。

こうして、新訳では、あえて《慣例》に刃向かって幕場割りを加えなかったわけだが、読み物として幕場表示がないのは、読み返したり、引用したりする際に不便であろうから、後代の編者が付け加えた幕場割りはすべて注にとどめ、奇数頁の柱（上部欄外）に表示した。ただし、それらは、あくまで便宜上のものであって、シェイクスピア自身の意識にはなかったものであることをご理解頂きたい。

☆

なお、シェイクスピアお得意の空間ワープということで言えば、「ロミオ、ロミオ、どうしてあなたはロミオなの」で有名なバルコニー・シーンではジュリエットの寝室は二階舞台にあったはずなのに、その直後にジュリエットの寝室を訪れるキャピュレット夫人は主舞台に登場するので、寝室が二階舞台から主舞台に移ったことになるといったような興味深い演出上の問題点は枚挙に遑《いとま》ない。基本的には何もない舞台でどのように上演を行ったのかというシェイクスピアの劇的手法について説明するためには、一冊の本が必要だ。C・ウォルター・ホッジズ著『絵で見るシェイクスピアの舞台』（研究社出版）をお奨めしたい。

☆

舞台技法はもちろんのこと、筋の展開を理解する際においても、リアリズムをシェイクスピアに押し付けてはならないことは強調しておきたい。シェイクスピアがドラマを作るのに利用しているのはリアリズムではなく、観客心理なのだから。

たとえば、リアリズムで考えれば、キャピュレット夫人がジュリエットに「パリス伯爵と木曜に結婚することが決まった」と告げる場面で、「あの追放されたならず者がいるマントヴァ」と言うのはおかしい。と言っても、さっきまでジュリエットの部屋にいたロミオがマントヴァにいるはずはないという単純な話ではない。キャピュレット夫人は、ロミオが今まで娘の部屋にいたことなど知らないのだから、ロミオがとっくに追放されたと考えるのはむしろ自然であろう。それよりも変なのは、夫人がロミオの追放先がマントヴァだと知っていることである。

ロレンス神父が追放の宣告を受けて嘆き悲しむロミオに「マントヴァへ行け」と命じたのは月曜の深夜。それから直ちにロミオはジュリエットに会いに来たのだから、夫人が「ロミオがマントヴァへ行く」ことを知っているはずがないのだ。しかし、神父の口から「マントヴァ」と繰り返し聞かされ、ジュリエットの台詞で「今晩あなたが行くマントヴァ」ともう一度繰り返された観客にとって、いつの間にかロミオの追放先がマントヴァであることはだれもが知っている事実であるかのように思え、夫人が「マントヴァ」と言っても気にならなくなるのである。観客心理を使ってドラマの展開を速くしている一例である。（よく似た例が『十二夜』の最後にある。セザーリオとセバスチャンが双子の姉妹だとわかって舞台上の一同が大いにびっくりしたあと、まだ双子の事実を知らないはずの道化フェステがあとから登場してきたときに双子を見ても驚かないというのがそれだ。リアリズムにこだわってフェステも驚いていたら芝居が先に進まなくなるということをシェイクスピアは知っていたのである。）

同じように、ロレンス神父が最終幕で「この三時間以内に、ジュリエットは目を覚ます」と言いながら墓場へ急ぐのも、リアリズムで言えば、おかしい。ロレンス神父はジュリエットが何時に薬を飲んだのか知らない――彼女が薬を飲んだ直後の場面で、キャピュレットが午前三時になってしまったと騒いでいるが、そうした詳細は神父の知るところではない――のだから、彼女が目覚める時間はわからないはず。しかし、観客はジュリエットが目覚めることを強く期待しているので、彼女がもうすぐ、それも三時間以内に目覚めるという神父の言葉を疑うことなく受け入れてしまうのだ。とにかくジュリエットは目を覚ますはずであり、一刻も早いジュリエットの覚醒《かくせい》を期待する観客にとって、「三時間以内」などという表現は充分曖昧《あいまい》な表現に思えてしまうのである。シェイクスピアが観客の心理を操ってドラマを作る巧みさには驚くべきものがある。

☆

『ロミオとジュリエット』について語るべきことは尽きない。時間のトリック、作品のテーマ、韻文や散文など文体による劇的効果……。それらを語るにも一冊の本が必要だろう。書き下ろしの『「ロミオとジュリエット」――恋におちる演劇術』（みすず書房「理想の教室」シリーズ）をお読み頂ければ幸いだ。

翻訳に当たって、主だった先行訳を参照したが、なかでも、聳《そび》え立つ双璧《そうへき》である小田島雄志訳（白水社Uブックス）と松岡和子訳（ちくま文庫）は大いに参考にさせて頂いた。巨人の肩に小人が乗れば、小人は視野を誇れる。巨たるお二人に小人として感謝したい。

また、この新訳を使ってすばらしい舞台を作ってくださった鴻上尚史さん、東山紀之さん、瀬戸朝香さんをはじめとするキャスト、スタッフの皆さんに心からお礼を申し上げたい。

読者諸賢がこの新訳を声に出して読むにふさわしいとお考えくださることを切に願いつつ

二〇〇五年六月

河合祥一郎

後口上『ロミオとジュリエット』について

鴻上尚史

さて、いかがでしたか？

あなたが、今、感動に打ち震えているのなら、僕の解説は不要です。

もう一度、読み返し、あなたにとって感動的だった場面を、心に刻みつけて下さい。

僕の解説は、「へえ、これが世界で一番有名な恋愛物語なんだ。素敵なんだろうけど……ぶっちゃけ、よく分かんなかったわ」

とか、

「困ったわ。全く分からないわ。私ってバカ？　だって、これ世界的な名作なんでしょう？」

と思っているあなたにだけ必要な解説です。

僕は、39歳の時、1年間、イギリスの演劇学校に留学しました。

特別生徒として、1年から3年までの（学校は3年制でしたから）授業に参加しながら、さまざまな西洋式の演劇テクニックをリサーチしました。

シェイクスピアの授業が終わった後、昼食のサンドイッチをイギリス人のクラスメイトと中庭のベンチで取っている時のことです。リチャードが口をモグモグさせながら、

「シェイクスピアって分からないから嫌なんだよなあ」

と、言いました。

「わ、分からない？　それはどういう意味だ？　ゴホゴホ」

イギリス人の意外な言葉に、ミルクティーにむせながら聞くと、横にいたレイチェルが
「だって、難しいじゃないの。ショウは（僕のことです）そう思わないの？」

と、当然な顔をして言いました。

詳しく話を聞けば、イギリスの学生は、みんな小学校や中学校でシェイクスピアを習い、約400年前の英語に苦労して、シェイクスピア嫌いになるんだそうです。

「ほとんどみんな、嫌いなんじゃないの」

レイチェルが知らなかったの？　という顔をして言いました。

この瞬間の衝撃。

「なんだ、日本の古典の授業と一緒じゃん」

僕は心の中でつぶやきました。

僕が高校時代に使った「アンチョコ（古典を現代訳したもの）」と全く同じ『イージー・シェイクスピア』という本もありました。シェイクスピアの詩的なセリフを、これでもかっ！というぐらい説明的な現代英語に直していて、演劇学校の授業中に、こっそり見ている生徒もいました。なんだか、自分の高校時代を思い出して、微笑《ほほえ》ましくなりました。

「でもね、ショウ、読んで分からなくても、聞いたり、上演を見たりすると分かるんだよ。で、面白いなあって、思うことがあるんだよ」

リチャードが、意外だという顔をして言いました。

日本の古文も、口に出すことで、そのリズムを楽しみ、細かい部分の意味ではなく、全体の「思い」がすとんと腹に落ちることがあります。

「祇園精舎の鐘の声、諸行無常の響きあり」とか「いずれの御時にか、女御更衣あまたさぶらい給いけるなかに」とか、細かい意味は分からなくても、音として気持ちいいという経験をした人は多いと思います。

物語を作る時に、声に出して読まれることをはっきりと意識した結果でしょう。

じつは、僕達日本人がシェイクスピアを読む時は、イギリス人のような〝古文〟に苦労することはありません。僕達は、シェイクスピアを現代文で読んでいます。その点では、イギリスの若者より日本の若者はシェイクスピアを読む苦労が少ないのです。

ただし、読みにくさは残っています。

ひとつには、ト書きが極端に少ないことです。

ロミオとジュリエットが恋に落ちる場面なんて、慎重に読まないと、「えっ？」というぐらいに通りすぎてしまいます。

●

僕が『ロミオとジュリエット』を初めて知ったのは、映画でした。

今から30年以上前の映画になります。オリビア・ハッセーという、それはそれは美しい女性がジュリエットを演じていて、中学生だった僕は、一度で彼女に恋をしました。

映画の冒頭、彼女が乳母に呼ばれ、中庭に面した窓を開けた時の可愛さったらもう。

物語に感動した僕は、その当時、出版されていた『ロミオとジュリエット』の本を手に取りました。そして、あなたのように読み出して、衝撃を受けたのです。

「え、映画と全然違う！」

けれど、映画を見たからこそ、初めてキスする場面とか、ティボルトとの闘いの場面とかを、なんとか理解できました。

ただ、戯曲をいきなり読むだけでは、理解できないだろうと僕は断言します。

最近では、レオナルド・ディカプリオ主演の『ロミオ&ジュリエット』も有名です。

これも、素敵な映画でした。設定を、現代に持ってきました。

日本人の観客は意識しませんでしたが、彼らは、車に乗り、銃をぶっ放しながら、シェイクスピアさんが書いた通りの400年前の英語をしゃべっています。これは、よく考えるとすごいことです。バルコニーのシーンでは、二人はプールに落ちて、そこで愛を語りますが、今では使われなくなった単語が出てくる英語を話しているのです。

イギリスで見た何本かの演劇の『ロミオとジュリエット』では、バルコニーのシーンで、本物の犬をつれた警備員がロミオを探し回りました。二人の出会いの舞踏会では、みんな、『キャッツ』の『メモリー』で踊っていました。『キャッツ』がバカ当たりしていた時代です。

あるイギリスの演出家は、シェイクスピアについて、こう言っています。

「シェイクスピアの作品は、石炭のようなものです。学者さんや評論家さんは、寄ってたかって、石炭の歴史や成分を分析します。けれど、石炭は燃えないと意味がないんです」

古典だからと言って、大切に守り分析するのではなく、積極的に攻め、燃やし、遊ぶのです。

そうすることで、古典はもう一度、現代に蘇《よみがえ》るのです。

と、こう書けば、この作品の楽しみ方がだんだん分かってくると思いますが、その前に、どうして、こんなに分かりにくく、セリフが多いのかをちょっと解説。

シェイクスピアの時代、演劇は自然光でした。と書くと、なんだかカッコいいのですが、自然光とは、太陽の光のことです。なんのことはない、ライトがありませんから、屋根のない劇場で上演していたのです。当然、暗くなったら、上演はできません。ですから、今みたいに、夜のシーンは、ブルーのライトを当ててるなんてできません。で、シェイクスピアは、セリフで今が昼なのか夜なのか語りました。それも詩として語ったのです。

それから、舞台中央が客席に向かって、出っ張っているので、両脇の客席の観客は、役者が出っ張った舞台の前面に立つと、背中しか見えなくなります。

どんなに表情を作ったとしても、セリフでちゃんと語らないと、両脇の観客には伝わらないのです。

そして、もともと、イギリスには、演劇を「見る」のではなく「聞く」という伝統がありました。観客を意味する英語「ａｕｄｉｅｎｃｅ」は、ラテン語の「聞くこと」から生まれた言葉です。

イギリスの人々は、演劇を「聞く」ために劇場に集まったのです。そして、その期待に一番応《こた》えられたのが、シェイクスピアだったのです。

なので、セリフの多さとト書きの少なさに戸惑わないで下さい。セリフが分からなくなったら、すっ飛ばして下さい。大丈夫。これだけたくさんセリフがあるんだから、少々、すっ飛ばしても問題ありません。

では、古典を楽しむ方法に移りましょう。

●

まずはキャスティングです。芝居の台本なんですから、キャスティングしないで読む、なんていうもったいないことをしてはいけません。

あなたが女性なら、ジュリエットは、間違いなく、あなたですね。たまに、「ジュリエットの乳母がいい」なんていう、人生をあきらめているんだか計算高いんだか分からない発言をする人がいますが、まずは素直にジュリエットになって下さい。

さて、ロミオのキャスティングです。あなたが大好きな人です。芸能人ですか？　隣のクラスのあの人ですか？　ミュージシャンですか？　ほうら、想像するだけで、だんだんドキドキしてきたでしょう。あなたはその人と、出会ったその場で、キスをするんですよ。それも2回も！

ジュリエットの両親は、あなたの両親がいいでしょうね。携帯の通信料が高いと文句を言い、帰りが遅いと責める両親です。

乳母は、誰にしましょうか？　芸能人なら、渡辺えり子さんとか柴田理恵さんはどうでしょう？　ちゃんとその人の顔を思い出しながら、読むんですよ。

ロレンス神父は、田中邦衛さんとか小林稔侍さん。とんがったマキューシオは、不良っぽいイメージの俳優がいいでしょう。

そうやって、全部、頭の中でキャスティングして、読み始めるのです。もちろん、ジュリエットはあなたで！

「今どき、対立する両家なんてないもんね」と思っていますか？

僕が、河合祥一郎さんの翻訳で『ロミオとジュリエット』を演出した時は、上演は、本屋さんのセットから始まりました。

冒頭、ジュリエット役の女性が、コートを着て、本屋さんに入ります。そこでは、『恋愛フェア』という恋愛本を集めた企画が行われています。

彼女は、『ロミオとジュリエット』を手に取り、ページに目を落とします。

すると、口上の言葉が聞こえてきます。そして、口上が終わると、本の中から対立する両家の若者達が飛び出してくるのです！

女性は、コートの下には、チマチョゴリを着ていると僕はイメージしていました。

家同士が対立するなんていう設定はなくなっても、民族同士、国家同士が対立する設定は、どんどん、増えています。

ロミオが日本人で、ジュリエットが北の国で、その日本人は、拉致《らち》反対の集会に出た帰り、本屋の店先に立つ女性に一目惚《ひとめぼ》れしたとしたら、お互いがお互いを知って彼女がコートを脱いだ時、チマチョゴリが現われたとしたら、二人の恋はどうなっただろう、そんなことを僕は思いました。

物語の最後には、ロミオとジュリエットの死を弔う弔砲の音が、やがて、戦場の大砲の音に変わりました。そして、二人の死体にオーバーラップするように、第二次世界大戦からイラク戦争までの闘いを1分程度につないだ映像を映写しました。対立する国家で死んだ若者と対立する両家で死んだロミオとジュリエットは、同じである、という思いからです。

どんなことをしてもいいのです。シェイクスピアさんはお亡くなりになっていますから、文句を言われることもありません（笑）。ただ、古典を現代に蘇らせるために、古典の本質を見つめ、取り出すのです。

取り出すものに、絶対の正解はありません。僕は、恋と戦いを取り出しましたが、恋と家族を取り出す人もいるでしょう。

まずは、自分を含めたキャスティングで読んで見てください。

そこから、いろんなものが見えてくるはずです。

この翻訳による初演は、2004年1月15日～2月7日東京グローブ座改装披露記念公演、2月21日～2月25日NHK大阪ホールでの公演であり、主なスタッフ、キャストは以下の通りである。

演出＝鴻上尚史　美術＝松井るみ　照明＝松林克明　音響＝堀江潤　衣裳＝宮本宣子　ステージング＝川崎悦子　殺陣＝諸鍛冶裕太　音楽＝笠松泰洋／岡崎司／松崎雄一　舞台監督＝瀬崎将孝

ロミオ＝東山紀之　ジュリエット＝瀬戸朝香　マキューシオ＝河原雅彦　ティボルト＝猪野学　ベンヴォーリオ＝大堀こういち　ロレンス神父＝渡辺哲　大公＝金田龍之介　乳母＝山下裕子　キャピュレット夫人＝宇津宮雅代　キャピュレット＝石田圭祐　モンタギュー／薬屋＝春海四方　パリス＝鈴木ユウジ

新訳《しんやく》　ロミオとジュリエット

シェイクスピア　河合祥一郎《かわいしょういちろう》＝訳

平成17年 6月25日　初版発行
令和7年 10月5日　31版発行

発行者●山下直久

発行●株式会社KADOKAWA
〒102-8177　東京都千代田区富士見2-13-3
電話　0570-002-301（ナビダイヤル）

角川文庫 13843

印刷所●株式会社KADOKAWA
製本所●株式会社KADOKAWA

表紙画●和田三造

ISBN978-4-04-210615-9　C0197

角川文庫発刊に際して

角川源義

第二次世界大戦の敗北は、軍事力の敗北であった以上に、私たちの若い文化力の敗退であった。私たちの文化が戦争に対して如何に無力であり、単なるあだ花に過ぎなかったかを、私たちは身を以て体験し痛感した。西洋近代文化の摂取にとって、明治以後八十年の歳月は決して短かすぎたとは言えない。にもかかわらず、近代文化の伝統を確立し、自由な批判と柔軟な良識に富む文化層として自らを形成することに私たちは失敗して来た。そしてこれは、各層への文化の普及滲透を任務とする出版人の責任でもあった。

一九四五年以来、私たちは再び振出しに戻り、第一歩から踏み出すことを余儀なくされた。これは大きな不幸ではあるが、反面、これまでの混沌・未熟・歪曲の中にあった我が国の文化に秩序と確たる基礎を齎らすためには絶好の機会でもある。角川書店は、このような祖国の文化的危機にあたり、微力をも顧みず再建の礎石たるべき抱負と決意とをもって出発したが、ここに創立以来の念願を果すべく角川文庫を発刊する。これまで刊行されたあらゆる全集叢書文庫類の長所と短所とを検討し、古今東西の不朽の典籍を、良心的編集のもとに、廉価に、そして書架にふさわしい美本として、多くのひとびとに提供しようとする。しかし私たちは徒らに百科全書的な知識のジレッタントを作ることを目的とせず、あくまで祖国の文化に秩序と再建への道を示し、この文庫を角川書店の栄ある事業として、今後永久に継続発展せしめ、学芸と教養との殿堂として大成せんことを期したい。多くの読書子の愛情ある忠言と支持とによって、この希望と抱負とを完遂せしめられんことを願う。

一九四九年五月三日

角川文庫海外作品

新訳 ハムレット

シェイクスピア
河合祥一郎＝訳

デンマークの王子ハムレットは、突然父王を亡くした上、その悲しみの消えぬ間に、母・ガードルードが、新王となった叔父・クローディアスと再婚し、苦悩するが……画期的新訳。

新訳 ヴェニスの商人

シェイクスピア
河合祥一郎＝訳

アントーニオは友人のためにユダヤ商人シャイロックに借金を申し込む。「期限までに返せなかったらアントーニオの肉1ポンド」を要求するというのだが……人間の内面に肉薄する、シェイクスピアの最高傑作。

新訳 リチャード三世

シェイクスピア
河合祥一郎＝訳

醜悪な容姿と不自由な身体をもつリチャード。兄王の病死をきっかけに王位を奪い、すべての人間を嘲笑し返そうと屈折した野心を燃やす男の壮絶な人生を描く、シェイクスピア初期の傑作。

新訳 マクベス

シェイクスピア
河合祥一郎＝訳

武勇と忠義で王の信頼厚い、将軍マクベス。しかし荒野で出合った三人の魔女の予言は、マクベスの心の底に眠っていた野心を呼び覚ます。妻にもそそのかされたマクベスはついに王を暗殺するが……。

新訳 十二夜

シェイクスピア
河合祥一郎＝訳

オーシーノ公爵は伯爵家の女主人オリヴィアに思いを寄せるが、彼女は振り向いてくれない。それどころか、女性であることを隠し男装で公爵に仕えるヴァイオラになんと一目惚れしてしまい……。

角川文庫海外作品

新訳 夏の夜の夢

シェイクスピア
河合祥一郎＝訳

貴族の娘・ハーミアと恋人ライサンダー。そしてハーミアのことが好きなディミートリアスと彼に恋するヘレナ。妖精に惚れ薬を誤用された4人の若者の運命は？幻想的な月夜の晩に妖精と人間が織りなす傑作喜劇。

新訳 から騒ぎ

シェイクスピア
河合祥一郎＝訳

ドン・ペドロは策を練り友人クローディオとヒアローを婚約させた。続けて友人ベネディックとビアトリスもくっつけようとするが、思わぬ横やりが入る。思いこみの連続から繰り広げられる恋愛喜劇。新訳で登場。

新訳 まちがいの喜劇

シェイクスピア
河合祥一郎＝訳

アンティフォラスは生き別れた双子の弟を探しにエフェソスにやってきた。すると町の人々は、兄をもとからいる弟とすっかり勘違い。誤解が誤解を呼び、町は大混乱。そんなときとんでもない奇跡が起きる……。

新訳 オセロー

シェイクスピア
河合祥一郎＝訳

美しい貴族の娘デズデモーナを妻に迎えたヴェニスの黒人将軍オセロー。恨みを持つ旗手イアーゴーの巧みな策略により妻の姦通を疑い、信ずるべき者たちを手にかけてしまう。シェイクスピア四大悲劇の一作。

新訳 お気に召すまま

シェイクスピア
河合祥一郎＝訳

舞台はフランス。宮廷から追放され、男装して森に逃げる元公爵の娘ロザリンド。互いに一目惚れした青年オーランドーと森で再会するも目下男装中。正体を明かさないまま、二人の恋の駆け引きが始まる――。

角川文庫海外作品

新訳　アテネのタイモン
シェイクスピア
河合祥一郎＝訳

財産を気前よく友人や家来に与えるアテネの貴族タイモンは、膨れ上がった借金の返済に追われる。他の貴族に援助を求めるが、手の平を返したようにそっぽを向かれ、タイモンは森へ姿をくらましてしまい――。

アルケミスト
夢を旅した少年
パウロ・コエーリョ
山川紘矢・山川亜希子＝訳

羊飼いの少年サンチャゴは、アンダルシアの平原からエジプトのピラミッドへ旅に出た。錬金術師の導きと様々な出会いの中で少年は人生の知恵を学んでゆく。世界中でベストセラーになった夢と勇気の物語。

星の巡礼
パウロ・コエーリョ
山川紘矢・山川亜希子＝訳

神秘の扉を目の前に最後の試験に失敗したパウロ。彼が奇跡の剣を手にする唯一の手段は「星の道」という巡礼路を旅することだった。自らの体験をもとに描かれた、スピリチュアリティに満ちたデビュー作。

ピエドラ川のほとりで私は泣いた
パウロ・コエーリョ
山川紘矢・山川亜希子＝訳

ピラールのもとに、ある日幼なじみの男性から手紙が届く。久々に再会した彼から愛を告白され戸惑うピラール。しかし修道士でヒーラーでもある彼と旅するうちに、彼女は真実の愛を発見する。

第五の山
パウロ・コエーリョ
山川紘矢・山川亜希子＝訳

混迷を極める紀元前9世紀のイスラエル。指物師として働くエリヤは子供の頃から天使の声を聞いていた。だが運命はエリヤのささやかな望みをかなえず、苦難と使命を与えた……。

角川文庫海外作品

緋色の研究
コナン・ドイル
駒月雅子＝訳

ロンドンで起こった殺人事件。それは時と場所を超えた悲劇の幕引きだった。クールでニヒルな若き日のホームズとワトスンの出会い、そしてコンビ誕生の秘話を描く記念碑的作品、決定版新訳！

四つの署名
コナン・ドイル
駒月雅子＝訳

シャーロック・ホームズのもとに現れた、美しい依頼人。彼女の悩みは、数年前から毎年同じ日に大粒の真珠が贈られ始め、なんと今年、その真珠の贈り主に呼び出されたという奇妙なもので……。

シャーロック・ホームズの帰還
コナン・ドイル
駒月雅子＝訳

宿敵モリアーティと滝壺に消えたホームズが驚くべき方法でワトスンと再会する「空き家の冒険」、華麗な暗号解読を披露する「踊る人形」、恐喝屋との対決を描いた「恐喝王ミルヴァートン」等、全13編を収録。

シャーロック・ホームズ 最後の挨拶
コナン・ドイル
駒月雅子＝訳

引退したホームズが最後に手がけた、英国のための一仕事とは（表題作）。姿を見せない下宿人を巡る「赤い輪」、ホームズとワトソンの友情の深さが垣間見える「悪魔の足」や「瀕死の探偵」を含む必読の短編集。

恐怖の谷
コナン・ドイル
駒月雅子＝訳

ホームズの元に届いた暗号の手紙。解読するも、記されたサセックス州の小村にある館の主は前夜殺害されていた！　事件の背後にはモリアーティ教授の影。捜査に乗り出したホームズは、過去に事件の鍵を見出す。

角川文庫海外作品

ジャッカルの日

フレデリック・フォーサイス
篠原 慎＝訳

暗号名ジャッカル――ブロンド、長身、ひきしまった体躯のイギリス人。プロの暗殺屋であること以外、本名も年齢も不明。警戒網を破りパリへ……標的はドゴール。計画実行日〝ジャッカルの日〟は刻々と迫る！

戦士たちの挽歌

Forsyth Collection Ⅰ

フレデリック・フォーサイス
篠原 慎＝訳

脚の悪い老人がごろつき二人組に襲われる。被害者は身元不明のまま死亡、犯人は直ちに捕まり、有罪確実と見られていたのだが……（「戦士たちの挽歌」）。圧倒的なストーリーテリングが冴え渡る傑作短編集。

囮たちの掟

Forsyth Collection Ⅱ

フレデリック・フォーサイス
篠原 慎＝訳

タイ・バンコク発ロンドン行きの飛行機中と、ヒースロー空港の税関を舞台に密かに繰り広げられる麻薬取引を巡る攻防を描く表題作ほか、著者初挑戦のラブストーリー「時をこえる風」を収録。傑作短編集第2弾。

アヴェンジャー（上）（下）

フレデリック・フォーサイス
篠原 慎＝訳

弁護士デクスターの裏稼業は、「人狩り」。世界中に逃げた凶悪犯を捕らえ、法の手に引き渡すまでが彼の仕事だ。今回の依頼人は財界の大物で、ボスニアで孫を殺した犯人を捕まえてほしいというものだった……。

アフガンの男（上）（下）

フレデリック・フォーサイス
篠原 慎＝訳

逮捕劇のさなかに死亡したアルカイダ幹部の残したPCから、大規模テロ計画の文書が発見される。米英諜報部は内情を探るため、元SAS将校を収容中のタリバン戦士の替え玉としてアルカイダに潜入させる……。

角川文庫海外作品

華麗なるギャツビー
フィツジェラルド
大貫三郎＝訳

途方もなく大きな邸宅で開いたお伽話めいた豪華なパーティー。デイジーとの楽しい日々は、束の間の暑い夏の白昼夢のようにはかなく散っていく。『失われた時代』の旗手が描く〝夢と愛の悲劇〟。

ラスト・タイクーン
フィツジェラルド
大貫三郎＝訳

貧しい育ちを乗り越え映画界で活躍する大プロデューサーの主人公がハリウッドを舞台に繰り広げる愛と友情、栄光と破局、そして死——未完の最高傑作と名高い、フィツジェラルドの遺作。

夜はやさし (上)(下)
フィツジェラルド
谷口陸男＝訳

精神科医ディック・ダイヴァーは、患者でもあり妻でもある美しいニコルと睦まじい結婚生活を送っていたが、若き女優ローズマリーとの運命の出逢いが彼の人生を大きく変えてしまう——。

ベンジャミン・バトン
数奇な人生
フィツジェラルド
永山篤一＝訳

生まれたときは老人だったベンジャミン・バトン。彼は時間の経過と共に徐々に若返っていく。彼を最後に待つものは——（「ベンジャミン・バトン」）。フィツジェラルドの未訳の作品を厳選した傑作集。

三銃士 (上)(中)(下)
アレクサンドル・デュマ
竹村　猛＝訳

時は17世紀、ルイ13世の治世。青年騎士ダルタニャンは希望に燃えて華の都パリにやってきた。都会のしきたりに慣れないダルタニャンは、三銃士から次々と決闘を申し込まれるが——。

角川文庫海外作品

罪と罰　(上)(下)

ドストエフスキー
米川正夫＝訳

その年、ペテルブルグの夏は暑かった。大学を辞めた、ぎりぎりの貧乏暮らしの青年に郷里の家族の期待が重くのしかかる。この境遇から脱出しようと、彼はある計画を決行するが……。

ダ・ヴィンチ・コード　(上)(中)(下)

ダン・ブラウン
越前敏弥＝訳

ルーヴル美術館のソニエール館長が館内のグランド・ギャラリーで異様な死体で発見された。殺害当夜、館長と会う約束をしていたハーヴァード大学教授ラングドンは、警察より捜査協力を求められる。

天使と悪魔　(上)(中)(下)

ダン・ブラウン
越前敏弥＝訳

ハーヴァード大の図像学者ラングドンはスイスの科学研究所長からある紋章について説明を求められる。それは十七世紀にガリレオが創設した科学者たちの秘密結社〈イルミナティ〉のものだった。

ホセ・ムヒカ　世界でいちばん貧しい大統領

アンドレス・ダンサ
エルネスト・トゥルボヴィッツ
大橋美帆＝訳

世界が抱える諸問題の根源は、我々の生き方そのものにあると説いた伝説的スピーチで一躍時の人となったウルグアイ前大統領。一国の長ながら庶民的生活を貫き、国民目線に立ち続ける彼の波乱に満ちた生涯とは。

ロウソクの科学

ファラデー
三石　巖＝訳

たった一本のロウソクをめぐりながら、ファラデーはその種類、製法、燃焼、生成物質を語ることによって、科学と自然、人間との深い交わりを伝える。時を超えて読者の胸を打つ感動的名著。

角川文庫海外作品

レ・ミゼラブル (上)(下)

ヴィクトル・ユゴー
永山篤一＝訳

貧しさにたえかねて一片のパンを盗み、19年を牢獄ですごさねばならなかったジャン・ヴァルジャン。出獄した彼は、ミリエル司教の館から銀の食器を盗み出すが、慈悲ぶかい司教の温情が、彼を目ざめさせる。

赤毛のアン

モンゴメリ
中村佐喜子＝訳

ふとした間違いでクスバード家に連れて来られた孤児のアンは、人参頭、緑色の眼、そばかすのある顔、よくおしゃべりする口を持つ空想力のある少女だった。作者の少女時代の夢から生まれた児童文学の名作。

オペラ座の怪人

ガストン・ルルー
長島良三＝訳

夜毎華麗な舞台が繰り広げられる世紀末のオペラ座。その裏では今日もまた、無人の廊下で足音が響き、どこからともなく不思議な声が聞こえてくる。どくろの相貌を持つ〈オペラ座の怪人〉とは何ものなのか？

アンの青春

モンゴメリ
中村佐喜子＝訳

マシュウおじさんの死によって大学進学を一旦諦めたアンは、村の小学校の先生になり、孤児の双子を引き取ったり村の改善会を作ったり、友人の恋の橋渡しをすることに。アンの成長を見守る青春篇。

アンの愛情

モンゴメリ
中村佐喜子＝訳

レドモンドの学生となり、村の人々との名残を惜しみながら友人との新しい下宿生活を始めるアン。彼女を愛し続けながらも友人として寄り添ってきたギルバートと、ついに大きな運命の分かれ道を迎える――。